CHANSONS D'AMOUR DU MOYEN AGE

Dans la même collection :

Chansons d'amour du Moyen Age

*Choix, présentation, traduction et notes
par Marie-Geneviève Grossel*

LE LIVRE DE POCHE

Ce volume a été conçu
sous la direction de Michel Zink

PRÉSENTATION

Les chansons des trouvères nous ont été transmises par les Chansonniers, gros recueils manuscrits datant pour la plupart de la fin du XIIIᵉ et du XIVᵉ siècle. Les copistes y ont soigneusement retranscrit, musique et vers, des chansons qui avaient auparavant longuement circulé sous forme orale, chantées de cour en cour. Ce fait explique que bien des chansons soient anonymes et que les textes comprennent de nombreuses variantes (nombre et succession des vers, mélodies, attribution d'auteurs, etc.).

Les trouvères les plus anciens auraient composé vers 1170 ; à cette époque, depuis plus d'un demi-siècle, la lyrique avait atteint son apogée dans le sud de la France, en terre d'oc. *Troubadour* viendrait du mot latin *tropare* : composer des tropes, c'est-à-dire des airs de musique, par suite « inventer ». Le troubadour était donc indissociablement un poète et un musicien ; en donnant le verbe *trover* au nord de la France, en terre de langue d'oïl, le même verbe *tropare* est à l'origine du mot *trouvère*.

Parmi les poètes, on compte de très grands seigneurs et des hommes d'origine beaucoup plus humble. Il est probable que, dès l'origine, les nobles avaient à leur service des chanteurs spécialisés, plus tard appelés *ménestrels*, recrutés parmi les jongleurs, et que ces derniers s'essayèrent, parfois avec grand succès, à composer eux-mêmes. Ces chanteurs ambulants ont, plus encore que les grands, contribué à la diffusion très large de l'*art du trouver*. Un humble poète comme Guiot dit de Provins n'a-t-il pas fréquenté, outre les cours de sa Champagne natale, celles du Midi et d'Arles, celles d'Auvergne, avant de passer à Mayence, à la Diète tenue par l'empereur Barberousse, puis de suivre quelque sien mécène en Terre sainte pour la croisade de 1190 ? Rien d'étonnant qu'il connaisse si bien les troubadours et les imite en ses chants !

Le grand romancier du XIIᵉ siècle, Chrétien de Troyes, nous a laissé deux belles chansons. Il écrivait à la cour de la comtesse Marie de Champagne, fille de Louis VII et d'Aliénor d'Aquitaine. Aliénor descendait directement du premier troubadour, Guillaume IX de Poitiers. Cette reine, avant de devenir anglaise, avait communiqué à ses deux filles, Marie et Aelis, comtesse de Blois, son goût très vif pour la littérature et les deux princesses animèrent de brillantes cours. La première génération de trouvères est presque exclusivement champenoise ; mais, très vite, l'amour de la poésie lyrique gagna la Picardie et l'Artois, notamment grâce au trouvère Hue d'Oisy (le Verger) qui était fieffé dans le Cambrésis et possédait la vicomté de Meaux, grâce aussi à Philippe d'Alsace, comte de Flandre, qui commandita le fameux roman sur le Graal de Chrétien de Troyes.

Dès la deuxième génération de trouvères, fin XIIᵉ et début XIIIᵉ siècle, la lyrique d'oïl a atteint sa perfection autour de Gace Brulé, le plus classique de ces poètes, âme d'un cercle poétique où l'on relève les noms de Blondel de Nesle, du Châtelain de Couci et de Conon de Béthune, un des chefs de la quatrième croisade.

Au cours de la première moitié du XIIIᵉ siècle, la poésie lyrique fut cultivée dans tout le nord et l'est du royaume, de très hauts seigneurs s'y adonnèrent tel le comte de Champagne et roi de Navarre Thibaut IV, tandis que des étrangers comme l'Italien Philippe de Novare qui vécut à Chypre ou le prince de la Morée franque, (le Péloponnèse) Guillaume de Villehardouin, descendant du Chroniqueur, transportaient en Orient les chansons qu'ils composaient en langue d'oïl.

Mais désormais la bourgeoisie des riches cités de Flandre et d'Artois désire à son tour cultiver cet art tout aristocratique et on organise à Arras des concours de poésie autour d'une société littéraire nommée le Puy. Ainsi se développe une véritable pépinière de poètes dont le plus fameux est Adam de la

Halle, auteur fécond et musicien génial. Les mélodies atteignent alors un degré de raffinement si extrême dans leurs recherches polyphoniques que va se consommer le divorce entre poésie et musique. Le lyrisme subit ainsi une profonde transformation mais l'amour continuera longtemps d'inspirer les poètes !

La « Fine Amour »

Les troubadours estimaient que le sommet de leur art était la *canso*, la chanson d'amour. Les Chansonniers nomment ce genre le *Grand Chant*. Le sujet en est toujours l'amour, chanté par un *Je* qui est, sauf rares exceptions, un homme. Mais cet amour n'a rien à voir avec les sentiments vulgaires qu'éprouvent les âmes communes. C'est un amour réduit à sa pure essence, à sa valeur la plus extrême, un amour qui confine donc au sacré et prend pour modèle, quoique tout profane, l'amour porté à Dieu.

Ce n'en est pas pour autant un amour détaché du corps puisque sa source et sa justification se trouvent dans la beauté d'une femme, même si celle-ci, par l'adoration qu'elle suscite, devient parfois aussi lointaine qu'une idole. C'est un amour charnel puisque la flamme qu'on célèbre, la cruelle et délicieuse blessure, est celle du désir de l'homme pour la Beauté et la Valeur féminines.

Mais des troubadours, les trouvères ont conservé la notion d'une bien-aimée inaccessible ; car les poètes du Midi avaient posé comme principe que la Dame choisie appartenait à un rang social bien supérieur à celui de son amoureux ; la séduire s'avérait donc une tâche des plus difficiles, voire même dangereuses, c'est pourquoi il était essentiel que cet amour restât secret. Les trouvères se plaignent souvent qu'ils aiment « en haut lieu », qu'ils ont choisi « trop haut » mais pour la plupart d'entre eux, ce motif a changé de sens : ils ont transféré sur la valeur courtoise de la Dame sa supériorité. Sacralisant ainsi la différence, ils rendent leur bien-aimée plus inaccessible encore. C'est le mérite, la *valeur* humaine, sociale mais aussi poétique, qui permettra au soupirant de se rapprocher de son idéal incarné. La *Fine Amour* vise sans cesse à une amélioration de l'être qui, seule, peut permettre d'obtenir, dans un avenir indéfiniment reculé, la *merci* ou pitié de la Dame, et le *guerredon*, récompense de l'amour. Ce *guerredon* prend ainsi toutes les apparences de la Grâce de Dieu.

Un idéal aussi difficile, une conviction entretenue de l'humilité de sa personne font naître une souffrance évidente, souffrance ravivée par l'absence de la Dame et l'impossibilité de comprendre le mystère de ses actes et de ses attitudes. Mais cette souffrance est désirée, voire recherchée car elle est valorisatrice, elle assure, selon le modèle religieux, la rédemption de l'amant. En outre, il s'y glisse sans doute un subtil plaisir de toujours vivre sur la pointe extrême d'un désir, exacerbé par sa non-réalisation même : l'amour insatisfait renaît de sa peine, tel le phénix, image très chère aux poètes médiévaux.

Ainsi sur sa route d'épreuves, l'amant purifié par sa peine peut-il espérer un jour obtenir le but suprême, la *Joie*, qui est plus encore que la possession des corps, l'union de deux âmes, dans la certitude partagée, la fusion mystique dans la contemplation. Comme le métal passé dans la fournaise, le pur or enfin débarrassé de toutes ses scories, l'amant est devenu le *Fin Amant* dans la joie et la jeunesse éternelle de la *Fine Amour* (l'amour raffiné).

Seule nous parvient la voix de l'amant, dans un poème écrit à la première personne où chacun se puisse reconnaître, car la Dame, par sa définition même, ne répond pas, non plus que Dieu aux prières et aux plaintes répétées de son fidèle. Nous ne saurons donc rien de personnel sur la bien-aimée. Elle est la plus parfaite et son portrait est celui de la perfection. On la dote de toutes qualités, lumineuse blondeur, yeux clairs, vifs et riants, tels ceux du faucon, oiseau de la noblesse, teint où se mêlent blancheur et vermeil, la rose et le lis. A peine esquisse-t-on avec gourmandise la silhouette d'un corps plein d'appas. La Dame est toute jeune et néanmoins très « sage », possédant au plus haut degré l'art de diriger la vie courtoise des assemblées châtelaines. La Dame, enfin, n'est pas seule : sans cesse une foule l'entoure qui l'épie, en cette époque où tout écart est aussitôt perçu — et jugé. Que ce soient les *barons* qui, dans le mythe de Tristan et Iseut, symbolisent l'opposition de la société au couple qu'isole sa passion, que ce soient ceux

La Fin'Amor : échanges amoureux. Chants d'amour.
Diptyque en ivoire, Musée de Cluny, Paris.

qui sont revenus de l'amour à cause du dépit ou de l'âge, que ce soient enfin les rivaux de l'amant, trop habiles à parler et chanter, tous ces « autres » sont regroupés par les trouvères sous le nom de *losengiers*, les calomniateurs, représentants hostiles du monde en face des amours secrètes et passionnées.

Le Grand Chant

Ce bref excursus montre que les trouvères professaient une conception de la poésie qui n'a rien à voir avec celle des modernes. Nous sommes les héritiers du romantisme, nous avons pour valeurs absolues la sincérité, l'originalité de celui qui écrit. Au Moyen Age, tout à l'inverse, la personnalité ne doit aucunement s'afficher, il lui faut s'effacer devant l'idéal, condition essentielle pour que chacun puisse dire « je » à la place du poète. Ce dernier peut bien être amoureux, l'amour qu'il chante n'est pas le sien, fatalement entaché par toutes sortes de défauts ou faiblesses ; non, il chante l'amour idéal, l'image parfaite vers laquelle doit tendre tout amant « raffiné » ; il s'agit toujours de sincérité et d'authenticité mais sur un tout autre plan que celui de la confession personnelle.

Dès lors que la forme parfaite est bien connue et codifiée, il devient nécessaire de reprendre le même moule et de s'y couler pour chanter avec des mots que chaque auditeur attend car il les connaît d'avance et les espère. On appelle cette poésie « poésie du lieu commun », les règles en sont d'une précision extrême et s'apprennent dans les traités pour donner un art très pur et très austère. Mais le poids sacré des mots si lourds — amour, joie, beauté, souffrance, espérance — suffit à faire déborder la poésie, à faire entrer le rêve dans ce cadre général et rigoriste. On a comparé à juste titre cette écriture à celle du contrepoint et de ses fugues, dont pas une n'est semblable à l'autre bien que toutes se plient aux mêmes schémas impitoyablement formels.

L'art des trouvères est art de grande abstraction, la formule y est reine, la personnalité poétique se joue dans les variations subtiles où triomphent les différences. Mais il atteint à une beauté stylisée et il garde de sa chaleur humaine parce que nous ne sommes pas indifférents aux grands sentiments humains que chaque trouvère tour à tour célèbre. Et pourtant, nous avons perdu la connaissance extraordinaire du système, qui était celle des auditoires du poète et qui devait transformer chaque audition en un moment de complicité et de communion lorsque tous se retrouvaient derrière la voix solitaire qui chantait avec une beauté familière la quête d'un idéal partagé.

Rhétorique

La poésie des trouvères a quelque chose du jeu, cette activité qui est, dit-on, le propre de l'Homme. La rhétorique s'y fait toute puissante, même si, au fond, cette souveraine n'est qu'un outil très au point dont on use pour un dessein bien défini.

Il en va des tropes (ou figures de style) comme de la musique. Cette dernière s'inspirait à la fois du chant grégorien et des mélodies populaires ; mais l'interprétation était laissée à la liberté du chanteur qui pouvait influer à sa volonté sur les rythmes (jamais écrits) et sur la diction. Les tropes donc sont un moyen très efficace pour réaliser cette alchimie du Verbe et du Chant qui va transmuer la banale réalité en fine espérance. Antithèses, anaphores, apostrophes, questions oratoires s'ajoutent à des vers bien frappés où la sentence et le proverbe viennent appuyer du poids de la sagesse éternelle le sentiment proclamé.

Le poète use aussi d'« ornements » plus « difficiles », il prend aux livres « savants » les conceptions des contemporains sur les pierres précieuses et leurs vertus, ou sur les caractéristiques des animaux qu'énumèrent les Bestiaires, livres nourris de la science de l'Antiquité gréco-latine. On trouve aussi au XIIIᵉ siècle des allégories plus ou moins développées dont la plus importante est bien sûr Amour, force agissante et déesse — car à l'époque Amour est du genre féminin ! Pour décrire cet(te) Amour qui se confond souvent (volontairement !) avec la Dame, les poètes empruntent leurs métaphores au livre très prisé du poète latin Ovide : Amour est un mal, Amour est une maladie dont il est aussi le médecin ; Amour est une douce folie à laquelle succombent même les plus sages. Doté de l'arc mythologique, Amour devient un chasseur devant lequel fuit l'amant-gibier.

A la réalité de l'époque, on prendra encore le modèle féodal : la Dame devient la suzeraine d'un amant vassal qui lui prête hommage. On peut ainsi broder infiniment sur les fiefs-rentes qu'elle lui assigne dont la douleur n'est pas le moins fréquent... L'amant lui doit son *service* et l'accomplira d'autant plus exactement que les devoirs du vassal vis-à-vis du seigneur se doublent d'une réciproque... La chanson est aussi, ne l'oublions pas, un subtil piège dressé devant la sagacité de la Dame, une délicate entreprise de séduction où l'amant démontre à travers les compliments hyperboliques que la « pitié » est un devoir de la Belle à l'égard d'un chanteur qui a si bien rempli son *service* qu'il mérite le *guerredon*.

Et donc, c'est de bonne guerre, on se défendra d'être un menteur, un Trompeur comme le Calomniateur suprême, l'infernal *losengier*, la sincérité est la qualité première et fondamentale de l'adorateur dévot, puisque, nouvelle justification, la prière et la demande sont partie intégrante de l'amour du fidèle !

L'amour est indissolublement lié à la parole qui le chante. Comme Dieu qui est Verbe, l'expression mélodieuse du sentiment lui permet d'être au monde. Et le monde à son tour, quoique totalement stylisé, participe à l'existence du chant d'amour. C'est pourquoi beaucoup de chansons de trouvères consacrent leurs premiers vers à célébrer le printemps, symbole de la renaissance et de la vie. Cette évocation printanière porte le nom d'*exorde saisonnier*. Le poète s'assimile la clarté neuve, le chant des oiseaux, la verdure et les fleurs pour se faire tout entier Joie. Et là encore, derrière la formulation presque identique, il faut se représenter ce que pouvait être le retour du mois de mai pour ces hommes, mal éclairés, mal chauffés, dans leurs demeures hivernales.

Parfois l'exorde évoque l'hiver afin de montrer que la lumière d'amour est plus forte que le déclin des saisons mais toujours l'exorde se clôt sur le chant, affirmation de la force de la poésie dans un univers tout de paroles.

A cette poésie d'un très haut niveau intellectuel sont venus s'intégrer, en une féconde et réciproque osmose, des chants issus d'un registre sans doute plus populaire : les *pastourelles* où l'héroïne est une bergère et non une dame, des chansons à danser, des chansons *de rencontre* ou *d'amis* dont le sujet était originellement une femme. Mais pour les auditoires médiévaux, l'amour décrit ne se mesurait qu'à l'aune de la *Fine Amour*, le *Grand Chant* restant toujours présent à l'arrière-plan référentiel.

Très rarement il subsiste dans certaines chansons des assonances (reprise imparfaite en écho du son à la fin de chaque vers) à la place des rimes. Mais presque tout le corpus qui nous est parvenu est composé de poésies strophiques rimées.

Les troubadours ont codifié avec rigueur et précision les « lois » de leurs chansons, c'est pourquoi nous avons conservé certains de leurs termes. Ainsi chaque strophe porte-t-elle le nom de *coblas* (couplet) ; il y a deux sortes de chansons, celle dont la mélodie est continue A B C D, etc. (alors que les rimes peuvent être a b a b) et celle dont la musique présente une pause (la *diesis*) puis une reprise de la mélodie (ou d'une part de la mélodie). Les troubadours appellent la partie avant pause le *frons* et celle qui suit, la *cauda*.

Les *coblas* peuvent être écrites sur le même mètre *(isométriques)* ou sur deux, trois... mètres différents *(hétérométriques)*. Les recherches très complexes des troubadours sur l'hermétisme *(trobar clus)* ou sur les variations formelles *(trobar ric)* ont peu inspiré les trouvères qui préfèrent une certaine simplicité ; leurs recherches sont plus strictement musicales.

Quarante-cinq pour cent des chansons présentent un *frons* croisé en rimes a b a b et une *cauda* en rimes suivies c d e f (mais aussi croisées c d c d ou embrassées c d d c). La strophe que les trouvères préfèrent est la « strophe carrée » de huit vers a b a b b a a b, mais il y a bien d'autres schémas possibles, surtout chez les grands poètes. Le mètre le plus employé est le grave décasyllabe, coupé comme dans les chansons de geste en 4/6 ; plus rarement le décasyllabe adopte le rythme descendant avec césure 6/4 et, de façon exceptionnelle, césure médiane 5/5, ce qui correspondait à une danse appelée *taran-*

tara. Après les décasyllabes, les trouvères ont affectionné le gracieux heptasyllabe dont l'équilibre précaire a le pouvoir de rendre plus légères les plaintes pathétiques. On trouve parfois l'octosyllabe, mais ce mètre semble avoir été « réservé » aux romans en vers. Les autres mètres, plus courts, apparaissent dans les strophes hétérométriques pour mieux faire ressortir l'ampleur majestueuse des décasyllabes.

Les strophes ont une longueur moyenne de sept à dix vers, elles utilisent deux, trois, quatre (rarement plus) rimes différentes. La poésie médiévale ne pratique pas l'alternance des rimes féminines et masculines, elle préfère jouer sur la musique des sons, mettant en valeur la très riche palette mélodique des hommes du Moyen Age où les -IR, -OR, -ER, roulés et sonores alternaient avec les -ONT, -ANT sourds et nasalisés, les -OIS, -EUS, -OUS, sifflants et feutrés...

Les chansons pouvaient être *unissonans*, quand toutes les strophes utilisaient les mêmes sonorités de rimes ; ou écrites en *coblas doblas*, quand les rimes changeaient après une couple de strophes ; enfin les moins appréciées, les *coblas singulars* changeaient de rimes à chaque couplet.

La césure n'était obligatoire que pour le décasyllabe ; elle venait frapper une syllabe fermée ou un -E sourd (mais prononcé), parfois une élision ; mais la langue médiévale n'est nullement gênée par le hiatus.

Enfin le plus souvent une chanson comprenait cinq strophes, suivies d'un *envoi* qui donnait le nom du destinataire, Dame, ami, source précieuse pour les critiques qui disposent de si peu de renseignements sur les poètes...

Les trouvères sont d'admirables techniciens du vers. Il était naturel qu'une poésie accordant au mot une telle importance ait su mettre en valeur aussi bien les sons que le sens. Artisans précieux, orfèvres de l'expression, ces poètes méritent toujours d'être lus, il faudrait plutôt dire écoutés ! Une fois admise leur conception toute symbolique de l'authenticité, nous pouvons encore les suivre dans leur univers où la vérité naît d'être dite, où la noblesse de l'homme se crée et se refait sans cesse par l'expression raffinée d'un art d'amour.

CHANSONS D'AMOUR DU MOYEN AGE

Chanson d'amour et scène galante.
Le chansonnier de Paris, Musée Atger, Montpellier.

Chanson de toile

Belle Yolande en sa chambre était assise ;
Elle cousait une robe de belle soie,
Elle voulait l'envoyer à son ami.
Elle chantait cette chanson tout en soupirant :
Mon Dieu, il est si doux le nom d'amour.
6 *Je ne croyais jamais en sentir de chagrin.*

« Mon bel ami si doux, je veux vous envoyer
Une robe de soie en signe de mon grand amour.
Je vous en prie, pour Dieu, ayez de moi pitié. »
Elle ne put rester debout, sur le sol elle s'assit.
Mon Dieu, il est si doux le nom d'amour,
12 *Je ne croyais jamais en sentir de chagrin.*

Comme elle prononçait ces paroles,
Son ami entra dans la maison.
Elle le vit, elle baissa la tête,
Elle ne pouvait plus parler, elle ne lui dit ni oui ni non.
Mon Dieu, il est si doux le nom d'amour.
18 *Je ne croyais jamais en sentir de chagrin.*

« Ma douce dame, vous m'avez oublié. »
Elle l'entend, elle lui sourit ;
Avec un soupir, elle lui tendit ses beaux bras,
Elle le prit et l'enlaça si doucement !
Mon Dieu, il est si doux le nom d'amour,
24 *Je ne croyais jamais en sentir de chagrin.*

« Mon cher amour, je ne sais vous tromper,
Je veux plutôt vous aimer de cœur loyal, sans mensonge ;
Quand il vous plaira, vous pourrez m'embrasser.
Je veux m'aller coucher entre vos bras. »

Mon Dieu, il est si doux le nom d'amour,
30 *Je ne croyais jamais en sentir de chagrin.*

Son ami la prend entre ses bras,
Ils vont tous les deux seuls s'asseoir sur un beau lit.
Belle Yolande l'enlace si étroitement,
Il l'étend sur le lit à la française.
Mon Dieu, il est si doux le nom d'amour,
36 *Je ne croyais jamais en sentir de chagrin...*

La *chanson de toile* est un genre ancien, qui semble avoir fleuri au XIIᵉ siècle et n'être plus qu'une survivance ensuite, lorsque des romanciers en intercalent dans leur récit, les plaçant dans la bouche de leurs héroïnes pour les auréoler des prestiges du temps jadis.

Ce genre n'a été cultivé qu'en langue d'oïl. On y raconte avec une grande simplicité une histoire d'amour, souvent malheureuse, dont l'héroïne est une jeune fille séparée de son amant. Les premiers vers la nomment généralement par son prénom accompagné de l'adjectif « belle ».

Genre narratif, la chanson de toile est divisée en couplets bâtis sur une assonance pour les plus anciens exemples, sur une rime, le plus souvent ; le mètre employé est le décasyllabe épique. Chaque strophe se termine par un refrain identique (« chanson à refrain ») dont le mètre et la rime diffèrent de la strophe.

La chanson de Belle Yolande comprend six coblas singulars de six décasyllabes suivis des deux octosyllabes du refrain :

rimes : a a a a B B

Reverdie

Voulez-vous que je vous chante
Une agréable chanson d'amour ?
Ce n'est pas un vilain[1] qui la composa
Mais ce fut un chevalier
A l'ombre d'un olivier
6   Entre les bras de son amie.

Elle portait une chemisette de lin,
Une blanche pelisse d'hermine,
Un bliaud[2] de soie,
Elle était chaussée de glaïeuls,
Ses souliers étaient de fleurs de mai
12   Et la chaussaient étroitement.

Elle avait une ceinture de feuillages
Qui reverdit quand le temps est à la pluie,
Ses boutons étaient en or.
Son aumônière[3] était d'amour
Et les cordons étaient des fleurs ;
18   On la lui avait donnée par amour[4].

Elle chevauchait une mule
Dont les fers étaient d'argent
Et la selle toute dorée.
Sur la croupe derrière elle

---

1. Opposition traditionnelle entre les « vilains » et les chevaliers ; elle fait plus partie du registre qu'elle n'est une allusion à la réalité sociale. – **2.** Le bliaud est une tunique que l'on enfilait par-dessus les autres vêtements. – **3.** L'aumônière est une petite bourse, contenant des piécettes destinées aux aumônes. – **4.** Strophes 2 et 3 : la reverdie côtoie souvent la féerie comme le montre ici le costume de la belle, en qui il faut voir une incarnation du mois de mai, avec son symbolique lignage.

Elle avait planté trois rosiers,
24 Pour qu'ils lui offrent de l'ombre.

Elle s'en va parmi les prés.
Deux chevaliers l'ont rencontrée.
Ils la saluent courtoisement :
« Belle, où êtes-vous née ? »
« Je suis de France la louée,
30 De la plus haute naissance.

Mon père est le rossignol[1]
Qui chante sur les branchages
Au plus haut des bois,
Ma mère est la sirène
Qui chante en la mer salée
36 Au plus haut du rivage. »

« Ah belle, vous êtes bien née,
Vous avez une belle parenté,
Vous êtes de haute naissance.
Plût à Dieu notre père
Que vous me fussiez donnée
42 Pour être ma femme épousée ! »

En appelant ce type de poème *reverdie*, les médiévistes ont repris le terme dont on les désignait au Moyen Age. Mais le Moyen Age n'est précisément pas une époque attachée aux définitions rigoureuses !

On employait aux XIIe et XIIIe siècles « reverdie » pour signifier « verdure » ou « feuillée »... Et sans doute une chanson de « reverdie » était originellement un chant joyeux célébrant le renouveau printanier, ses floraisons, sa fraîcheur. Destiné à la danse, ce chant s'accompagnait d'instruments rustiques, flageolet ou musette ou encore « bourdon » dont les onomatopées imitatrices servent parfois de refrains (« Dorenlot », « Valuru, valura » ou encore « viron, viron vai »). On trouve dans la plu-

---

1. Le rossignol symbolise l'amour et l'ardeur passionnelle dans les Bestiaires du Moyen Age où chaque bête se voit attribuer « un sens », devient emblème.

part des « reverdies » un décor printanier, une rencontre avec une jeune fille dont on nous détaille amoureusement la beauté. Les diminutifs sont généralement très abondants... et difficiles à traduire.

On remarquera, dans le texte d'origine de la reverdie ici proposée, des rimes occitanisantes « pour faire méridional » *(botonade, dorade, saluade, esposade)*. La chanson comprend sept coblas singulars de six vers hétérométriques :

mètres :	7	7	5	7	7	6
rimes :	a	a	b	c	c	b

Couple dansant.
Codex provençal, Bréviaire d'amour du XIIIᵉ siècle, Bibl.
de l'Escorial, Espagne.

Aube

Quand je vois se lever l'aube du jour,
Il n'y a rien que je doive plus haïr
Car elle fait me quitter
Mon bien-aimé, pour qui j'ai tant d'amour.
Certes, je ne hais rien tant que le jour,
6 *Bien-aimé, qui me sépare de vous.*

Le jour, je ne puis vous voir
Car j'ai bien trop peur qu'on nous remarque
Je vous le dis, c'est la vérité :
Les fâcheux sont aux aguets [1].
Certes, je ne hais rien tant que le jour,
12 *Bien-aimé, qui me sépare de vous.*

Quand je suis allongée en mon lit
Et que je regarde à mes côtés,
Je n'y trouve point mon bien-aimé.
Je m'en plains à tous les amants au cœur loyal.
Certes, je ne hais rien tant que le jour,
18 *Bien-aimé, qui me sépare de vous.*

Bel ami doux et cher, vous allez partir.
Je vous recommande à Dieu,
Pour Dieu, je vous en supplie, ne m'oubliez pas !
Je n'aime personne autant que vous.
Certes, je ne hais rien tant que le jour,
24 *Bien-aimé, qui me sépare de vous.*

J'en fais prière à tous les amants sincères :
Qu'ils aillent chantant ma chanson

---

1. Allusion topique aux médisants ou aux calomniateurs, ennemis irréducti-bles des amants. En face, la chanson dresse le clan des « fins amants », les amants loyaux ou sincères, tous ceux qui participent de la même idéologie cour-toise.

En dépit de tous les médisants
Et des méchants maris jaloux [1].
Certes, je ne hais rien tant que le jour,
30 *Bien-aimé, qui me sépare de vous.*

L'*aube est* une pièce lyrique généralement chantée par une femme ; elle traite de la séparation de deux amants qui, après avoir passé secrètement une nuit d'amour ensemble, sont contraints de se séparer par le lever du jour et exhalent leur chagrin. C'est un genre qui a été particulièrement en faveur dans le domaine d'oc chez les troubadours, mais que les trouvères ont moins traité.

Celle qui précède a été attribuée par les copistes des chansonniers au grand trouvère Gace Brulé (cf. p. 56) ; mais cette attribution reste incertaine car le refrain ainsi que le vers qui le précède présentent des assonances, archaïsme inconnu à Gace, la structure de la pièce est étrangère au Grand Chant : cinq coblas singulars de six vers octosyllabiques (les capitales indiquent le refrain) :

rimes :   a   a   a   b   B   B

1. Le « mari jaloux » se trouve généralement dans un autre registre, voisin de l'aube, celui des chansons de « malmariées » où une jeune femme se plaint de son vieil époux et se fait le serment de le tromper au plus vite.

ANONYME

Pastourelle

L'autre jour quand je chevauchais sous l'ombre d'une
[prairie,
Je rencontrai une gentille bergère, les yeux verts, la tête
Vêtue d'un petit bliaud, [blonde,
4 Le teint frais et rosé ; elle se faisait un chapeau[1] de roses.

Je la saluai, la belle ; elle me répond brièvement.
« Belle, n'avez-vous pas d'ami qui vous fasse bonne
Elle répond aussitôt en riant : [figure ? »
8 « Non pas, messire le chevalier, mais je m'en cherchais un. »

« Belle, puisque vous n'avez pas d'ami, dites-le,
[m'aimerez-vous ? »
Elle répond en fille sage : « Oui, si vous m'épousez.
Alors je ferai ce que vous voudrez.
12 Mais si vous voulez autre chose, ce serait déloyal. »

« Belle, laissez donc cela ; ne nous soucions pas de mariage !
Mais nous vivrons joyeusement autant que nous le
A nous embrasser, à nous accoler. [pourrons,
16 Et je vous le garantis, je n'aurai pas d'autre amante. »

« Sire, votre belle apparence me serre tant le cœur
Que j'en suis vôtre, quoi qu'on dise, et sur-le-champ. »
Elle ne fit pas trois pas
20 Qu'entre ses bras il l'a saisie sur l'herbe verdoyante.

Dans la tradition de la *pastourelle*, nous trouvons un dialo-
gue entre deux personnages, le chevalier, qui nous raconte son

---

1. Au Moyen Age, on aime porter à la belle saison des « chapeaux » (sorte
de couronne) de fleurs.

aventure survenue « l'autr'ier » (avant-hier, l'autre jour), alors qu'il se promenait dans la campagne, et la jeune bergère qui garde ses moutons. Chevalier comme bergère sont des types antithétiques qui se jouent le ballet de la séduction et du refus ; l'un et l'autre sont à la limite du caricatural, lui, violent, menteur, beau-parleur mais lâche, elle, sensuelle, intéressée ; le décor agreste s'oppose bien sûr à la vie raffinée des cours avec ses politesses obligées, la discipline à laquelle le désir doit se soumettre. La bergère succombe souvent ou se fait violer, sans que cela l'ennuie vraiment, mais elle peut aussi se montrer un adversaire bien plus retors que le soupirant, au besoin elle fera intervenir ses compagnons bergers dont le nombre est tout à fait dissuasif ! Mais le ridicule comme d'ailleurs la satire sociale (la bergère est une « vilaine », les bergers des rustres) n'ont qu'une importance très accessoire dans une poésie où dominent l'érotisme et le jeu.

Dans celle que nous avons choisie, la bergère se montre gaie et franchement sensuelle ; le registre est celui de la « bonne vie » qui fut illustrée par les poètes latins goliards, clercs en rupture de ban, adonnés au jeu, à la taverne, aux amours faciles... et grands poètes. La chanson est composée de cinq coblas singulars de quatre vers hétérométriques à même rime a, on remarquera la longueur du mètre (quinze pieds), propre aux chansons populaires :

mètres :	15	15	7	15
rimes :	a	a	a	a

ADAM DE LA HALLE

Rondeau

Adam de la Halle dit aussi, par surnom familial, *Adam le Bossu*, vécut dans la seconde moitié du XIIIe siècle. Nous savons qu'il faisait partie des poètes attachés au comte Robert II d'Artois qu'Adam suivit en Italie où il avait été appelé à la rescousse par le frère de saint Louis, Charles d'Anjou, roi de Naples et Sicile, après le sanglant soulèvement connu sous le nom de « Vêpres siciliennes ».

Adam de la Halle a composé des jeux partis (discussion entre deux poètes sur un sujet donné, généralement de casuistique amoureuse, et où chacun défend strophe à strophe un avis opposé), des chansons d'amour, de nombreux rondeaux. Il transforma le simple rondel en petit morceau polyphonique à deux ou trois voix d'une science musicale extrême ; il a également composé une célèbre pièce de théâtre, Le Jeu de la feuillée, *sorte de revue satirique de sa ville natale d'Arras et* Le Jeu de Robin et Marion, *considéré comme notre premier opéra comique.*

> *A jointes mains je vous prie,*
> *Douce dame, pitié.*
> Je suis joyeux quand je vous vois ;
> *A jointes mains je vous prie :*
> Ayez pitié de moi,
> Dame, je vous en prie.
> *A jointes mains je vous prie,*
> *Douce dame, ayez pitié de moi.*

Le *rondel* devrait en fait s'appeler « rondet » car il avait pour fonction essentielle d'accompagner les rondes dansées de caroles (sorte de farandole très prisée au Moyen Age). Il était construit autour d'un refrain de deux vers, parfois plus, qui représentait le noyau de base.

Le poème débutait par la strophe chantée sans doute par un soliste puis tous reprenaient le refrain puis le premier vers du refrain était suivi par une seconde strophe plus longue d'un vers, puis c'était à nouveau le refrain complet, soit le schéma :

A B a A a b A B.

Le poète Adam de la Halle a rendu particulièrement brillant et musicalement complexe ce genre simple et gracieux réservé aux chœurs dansés et chantés dont la structure évoque irrésistiblement l'anneau.

Autre rondeau

Ah, Dieu, quand reverrai-je
Celle que j'aime ?
Certes, je ne le sais.
Ah, Dieu, quand reverrai-je.
De voir son corps gracieux,
Je meurs de cette faim.
Ah, Dieu, quand reverrai-je
Celle que j'aime ?

Anonyme

Ballette

Pourquoi mon mari me bat-il,
  Pauvrette ?

Je ne lui ai fait aucun mal,
Je ne lui ai rien dit de mal,
Je n'ai fait qu'embrasser mon ami,
  Seulette.
Pourquoi mon mari me bat-il,
6   *Pauvrette ?*

S'il ne me laisse pas continuer
Ni mener joyeuse vie,
Je le ferai reconnaître cocu
  Sans nul doute.
Pourquoi mon mari me bat-il,
12   *Pauvrette ?*

Oui, je sais bien ce que je vais faire
Et comment j'en tirerai vengeance :
J'irai me coucher avec mon ami,
  Toute nue.
Pourquoi mon mari me bat-il,
18   *Pauvrette ?*

La *ballette* que les poètes d'oc appelaient « balada » est une chanson brève de trois strophes, rarement plus, de trois ou quatre vers suivis d'un court refrain. Les chansonniers copient souvent ce refrain en tête du poème. Comme le rondeau dont elle est un développement, la ballette était destinée au chant et à la danse ; les thèmes en sont souvent fort simples, les diminutifs y abondent.

Vers la fin du Moyen Age, la ballette se transforma en ballade, genre très éloigné des ballettes du XIIIᵉ siècle, par sa complexité savante et sa visée aristocratique.

La ballette ici présentée développe les thèmes de la jeune femme « mal mariée » et prompte à la vengeance ! Elle est composée de trois coblas singulars de six vers avec un refrain de deux vers :

rimes :   a a a b C B
mètres : 7 7 7 2 7 2

On notera que cette ballette est parfois rangée parmi les « virelais » (du mot « virer » qui évoque la danse en rond des caroles) ; « vireli/ virenli » fait partie aussi des onomatopées des chansons à danser.

GUIOT DE DIJON OU GILLEBERT DE BERNEVILLE

Rotrouenge

Gillebert de Berneville, petit chevalier, vécut dans la der-
nière partie du XIIIᵉ siècle. Il appartient au cercle des poètes
artésiens et fut en relation avec la cour du duc de Brabant, lui-
même poète, et avec celle de Flandre, connue pour ses fastes.
Ses chansons sont écrites dans un style coulant et aisé ; il
développe quelques fort jolies métaphores et fait montre d'une
belle fécondité. Pour Guiot de Dijon, cf. plus loin (p. 35).

De moi, douloureux, je vous chante.
Je suis né sous la lune décroissante[1],
Jamais de ma vie je n'ai connu
    Deux bons jours.
5 *Mon nom est Infortuné d'amour.*

Sans cesse je vais criant pitié :
Amour, aidez votre serviteur[2] !
Et jamais je n'ai pu y trouver un rien
    De secours.
10 *Mon nom est Infortuné d'amour.*

Ah ! traîtres médisants[3],
Comme vous parlez méchamment !
Vous avez arraché à maints amants
    Leur honneur.
15 *Mon nom est Infortuné d'amour.*

---

1. Etre né en période de lune décroissante était considéré comme une mal-
chance, d'où le refrain (« in-fortuné ») — **2.** « Serviteur » (« sergent ») poursuit
l'image traditionnelle du service d'amour dû à Amour suzerain par l'amant vassal. **3.** Il s'agit toujours des « losengiers », ces ennemis par la parole de l'amour.

Certes, la pierre d'aimant[1]
Ne désire pas le fer autant
Que je suis d'un doux semblant
    Désireux.
20 *Mon nom est Infortuné d'amour.*

Attribuée tantôt à Guiot de Dijon, tantôt à Gillebert de Berneville, cette *rotrouenge* ou « chanson à refrain », a pris le schéma de la ballette, qui est un développement du rondeau.

Comme les ballettes, elle se compose de quatre coblas unissonans de quatre vers hétérométriques suivis d'un refrain sur la deuxième rime :

rimes :	a	a	a	b	B
mètres :	7	7	7	3	8

Il s'agit du rythme zadjalesque (rythme poétique inventé et mis en valeur par les Arabes d'Espagne et dont on s'est demandé s'il n'aurait pas été emprunté par le tout premier troubadour, Guillaume IX de Poitiers.)

---

1. Les gens du Moyen Age ont beaucoup rêvé sur les capacités de l'aimant, pierre jugée parfois magique...

GONTIER DE SOIGNIES

Rotrouenge

Encore un poète qui n'est pour nous qu'un nom ; à peine peut-on penser que Soignies serait un village de Belgique et que le trouvère aurait fréquenté des cours de l'est de la France et de la Bourgogne. Il est presque sûr que Gontier était un poète de très humble origine, car il termine l'un de ses chants en demandant des gages ; un autre chant nous le montre envoyé par son maître pour interpréter la chanson composée, peut-être Gontier était-il un ménestrel.

Il me faut chanter une fois de plus
Car l'heure est douce et clair le temps,
Et pourtant comme je suis triste[1].
    Écoutez pourquoi :
C'est que la dame à qui j'aspire
6 Ne veut pas avoir pitié de moi.

J'aime fort ma dame, je la veux, je la prie,
Mais je suis trahi sur un point :
Quand je lui parle, je m'oublie[2].
    Écoutez pourquoi :
J'ai un si grand désir de son amour
12 Que j'en deviens fou quand je la vois.

Je ne peux cacher les désirs de mon cœur.
Ce que je veux et convoite le plus,
Je devrais m'en abstenir.
    Écoutez pourquoi :

---

1. Opposition traditionnelle entre la douceur du renouveau et la tristesse du cœur. – **2.** L'oubli (sorte d'extase) est un thème romanesque (surtout dans le *Lancelot ou le Chevalier à la charrette* de Chrétien de Troyes).

33

C'est que je vois devenir néant
18 Ce dont on fait le plus grand cas[1].

Si ma dame savait en vérité
Comme je lui appartiens de tout mon pouvoir,
Peut-être qu'elle aurait pitié de moi.
    Écoutez pourquoi :
C'est que je ne peux me séparer d'elle ;
24 Qu'elle fasse ce qu'elle veut, je le lui permets.

Cet amour m'apporte la consolation
A simplement y penser, je ne fais rien de plus,
Et puis en même temps j'en suis triste et abattu.
    Écoutez pourquoi :
C'est que même couché, je suis préoccupé ;
30 Je ne le dis pour rien d'autre, je n'y trouve pas d'ennui[2].

Ici se terminera ma rotrouenge ;
Celui qui a déjà aimé peut savoir
Si j'ai enduré bien ou mal.
    Écoutez pourquoi :
C'est que je suis celui qui l'aimera,
36 Sans, pourtant, en faire plus de bruit.

La chanson se compose de six coblas singulars de six vers octosyllabiques sur deux rimes ; le vers 4 à rime B joue le rôle d'un refrain interne, soit :

rimes :	a	a	a	B	a	b
mètres :	8	8	8	4	8	8

Gontier écrit dans un registre nettement plus popularisant que les grands trouvères : ceux-ci méprisent généralement les coblas singulars et évitent le refrain interne.

---

1. Ton de proverbe qui va dans le sens du choix registral populaire. – **2.** Le thème de la joie dans la tristesse et de la tristesse dans la joie est également un des thèmes favoris de la lyrique des trouvères. Certains ont même adopté le surnom de « Chantepleure ».

GUIOT DE DIJON

Rotrouenge
chanson de croisade

Guiot de Dijon vécut à la fin du XIIe et au début du XIIIe siècle dans les cours de la Champagne méridionale, notamment auprès du seigneur d'Arcis-sur-Aube. La croisade qu'il chante est la troisième croisade, celle de 1190. Ce trouvère possède de bonnes connaissances de la lyrique d'oc ; sa poésie est généralement d'une élégance un peu froide et assez impersonnelle, sauf pour cette chanson de croisade, qui est sans doute son chef-d'œuvre. Elle fut peut-être écrite par Guiot pour être chantée par Huguette d'Arcis dont le fiancé s'était croisé.

Je chanterai pour mon cœur
Que je veux réconforter,
Car malgré ma profonde souffrance
Je ne veux ni mourir ni devenir folle,
Alors que je ne vois nul revenir
De cette terre sauvage
Où se trouve celui qui apaise
Mon cœur lorsque j'entends parler de lui !
Mon Dieu, quand ils crieront « En avant[1] ! »
O Seigneur, aidez mon pèlerin
Pour lequel je suis épouvantée
12 *Car impitoyables sont les Sarrasins[2].*

Je souffrirai mon malheur
Jusqu'à le voir revenir.

---

1. « Outrée » = En avant ! est le cri que poussaient les chevaliers croisés et les pèlerins en montant à l'assaut ou en s'engageant dans les passages diffiles. On parle d'ailleurs de « chansons d'outrée ». – 2. La « félonie des Sarrasins » est un motif venu de la chanson de geste que les Occidentaux restés en leur pays n'auraient guère pensé à remettre en cause.

Il est en pèlerinage[1],
Dieu le laisse en revenir !
Et malgré toute ma parenté
Je ne cherche nulle occasion
D'en épouser un autre.
Bien fou qui j'entends m'en parler !
Mon Dieu, quand ils crieront « En avant ! »
O Seigneur, aidez mon pèlerin
Pour lequel je suis épouvantée
24 *Car impitoyables sont les Sarrasins.*

Ce qui me fait peine au cœur,
C'est qu'il ne soit plus dans mon pays,
Lui qui est cause de mon tourment.
Je ne connais plus jeux ni rires.
Il est beau, moi, je suis gracieuse :
Seigneur Dieu, pourquoi as-Tu agi ainsi[2] ?
Puisque l'un et l'autre, nous nous désirons,
Pourquoi nous as-Tu séparés ?
Mon Dieu, quand ils crieront « En avant ! »
O Seigneur, aidez mon pèlerin
Pour lequel je suis épouvantée
36 *Car impitoyables sont les Sarrasins.*

Ce qui me rassure en mon attente,
C'est que j'ai reçu son hommage[3],
Et quand souffle la brise[4] douce
Qui vient de ce doux pays
Où se trouve celui que je désire,
Volontiers je tourne vers là-bas mon visage ;
Alors il me semble le sentir
Par-dessous mon manteau gris[5].

---

1. Il ne faut jamais perdre de vue que la croisade était avant tout un « pèlerinage » aux Lieux saints. – **2.** Le cri de révolte contre Dieu, jugé le propre des âmes simples, est souvent présent dans les chansons de croisade dont le « Je » est une femme. On peut penser qu'il fut parfois réel. **3.** Expression empruntée au langage féodal. – **4.** La brise venue du pays où se trouve le bien-aimé est un motif qu'on retrouve dans de nombreuses chansons populaires ; le vent est alors assimilé à l'haleine de l'absent. Ici Guiot de Dijon s'inspire d'une chanson du très célèbre troubadour Bernard de Ventadour. – **5.** Manteau de petit-gris, c'est-à-dire de peaux d'écureuils.

Mon Dieu, quand ils crieront « En avant ! »
O Seigneur, aidez mon pèlerin
Pour lequel je suis épouvantée
48 *Car impitoyables sont les Sarrasins.*

Ce qui m'a bien déçue,
C'est de n'être pas là à son départ.
La chemise [1] qu'il avait revêtue,
Il me l'a envoyée pour que je l'embrasse.
La nuit quand son amour me point [2],
Je la mets coucher auprès de moi,
Toute la nuit contre ma chair nue,
Pour adoucir mes douleurs.
Mon Dieu, quand ils crieront « En avant ! »
O Seigneur, aidez mon pèlerin
Pour lequel je suis épouvantée
60 *Car impitoyables sont les Sarrasins.*

Les *chansons de croisade* participent de plusieurs registres : parfois, elles se consacrent entièrement à une exhortation plus ou moins véhémente, passionnée, pour inciter les seigneurs à prendre la croix ; elles exaltent les motifs de la Guerre sainte, de la Terre promise et du martyre pour Dieu. Mais très vite, les thèmes de l'amour s'y sont glissés, ce qui était naturel puisque souvent la chanson de croisade était aussi un adieu à ceux que l'on quittait avec bien des chances de ne jamais les revoir. Beaucoup de chansons de croisade se présentent comme un subtil chantage à la Dame aimée, invitée à se rendre digne de son valeureux soupirant en attendant son retour ou en le récompensant...

Celle que nous avons choisie a été écrite sans doute par un homme mais elle est mise dans la bouche d'une jeune fille. Le poète Guiot de Dijon l'a composée avec beaucoup d'art, adoptant le schéma de la rotrouenge pour lui donner un aspect faussement simple, naïf, voire légèrement « ancien ». La

---

1. Il s'agit de la chemise que portaient en signe de pénitence les pèlerins au moment du départ, à même la peau. On notera l'accent passionné de ce cri du corps. – **2.** « Poindre » : piquer, presser douloureusement, blesser.

rotrouenge, chanson à refrain, était souvent accompagnée de la rote, petite harpe portative. Là encore il s'agit d'un terme du Moyen Age et le seul point commun que les théoriciens actuels voient entre toutes les chansons que les chansonniers nomment « rotrouenge » (et dont les trois exemplaires qui précèdent montrent assez les différences) est celui du critère musical, du refrain...

La chanson de Guiot de Dijon présente cinq coblas doblas de huit vers heptasyllabiques avec un refrain de quatre vers :

a b a b   a b a b C D C D

Chanson pieuse

Rose[1] dont ni neige ni gelée
Ne peuvent pâlir ou faner la couleur,
En haute mer salée
Fontaine de douceur[2],
    Clarté dans les ténèbres,
    Joie dans la tristesse,
7   Rosée parmi les flammes !

Fleur de beauté resplendissante
Et couleur choisie,
Château dont la porte
Ne fut jamais déclose[3],
    Santé dans la faiblesse,
    Repos dans le labeur
14   Et paix dans la mêlée !

Fine émeraude à la vertu prouvée
Et porteuse de grâce,
Diamant, jaspe vanté,
Saphir de l'Inde la Majeure[4],
    Rubis de valeur,
    Panthère[5] à l'odeur
21   Plus que suave[6] !

---

1. La rose est au Moyen Age le symbole infiniment célébré de la beauté et de l'amour. – **2.** Image scripturaire de la source d'eau douce au milieu de la mer (ici symbole du monde). – **3.** Il s'agit de la virginité intacte de Marie. – **4.** Il y a plusieurs régions appelées « Indes » dans la géographie plus imaginaire que réelle du Moyen Age ! « Inde la Majeure », sans doute la plus proche de l'Inde géographique, n'en est pas moins la terre fabuleuse des mille richesses et des aventures du fameux Alexandre, un des plus grands héros de la mythologie médiévale. **5.** Dans les Bestiaires, la panthère triomphe de ses ennemis en les enivrant par les délicieux effluves qu'elle répand. – **6.** Dans les Lapidaires du Moyen Age, chaque pierre a sa vertu dont on use même en médecine.

On ne pourrait assez louer
Cette cime d'honneur,
Même si l'humaine pensée
Ne connaissait d'autre tâche.
    Tigre dans le miroir[1],
    Dans la colère, dans les larmes,
28   Consolation et sourire !

Impératrice couronnée
Par la main du Créateur[2],
Lors de la journée cruelle[3]
Où les anges auront peur,
    Prie le Sauveur
    Que ton chanteur
35   Demeure en sa contrée !

La poésie du Moyen Age ne semble pas avoir ressenti de
gêne à chanter la Vierge Marie avec les termes mêmes et les
schémas métriques du Grand Chant profane. Tout comme on
interprétait religieusement le brûlant érotisme de ce vieil épi-
thalame qu'est le *Cantique des Cantiques*, pour y voir une allégorie de l'âme et de Dieu, de façon identique les mots
employés pour chanter la passion humaine étaient repris, con-
vertis au sacré, par les poètes pieux. La Dame du Ciel, que
l'on se met à cette époque précisément à appeler Notre Dame,
est comparée à la dame de la terre et finalement appelée à la
remplacer — ce qu'ont fait parfois très réellement les poètes
lorsqu'ils vieillissaient !

La chanson choisie égrène avec une intense ferveur lyrique
les images venues de la Bible que les poèmes du Moyen Age
reprennent inlassablement. Elle présente cinq coblas unissonans de sept vers hétérométriques :

rimes :	a	b	a	b	b	b	a
mètres :	7	7	7	7	5	5	5

---

1. Toujours dans les Bestiaires, on s'empare des petits de la tigresse, en l'abu-
sant par un miroir car elle croit les retrouver dans sa propre image. – 2. Le
couronnement de la Vierge est une des scènes que les imagiers gothiques ont le
plus représentée dans leurs cathédrales. – 3. Il s'agit du Jugement dernier.

GAUTIER DE COINCI

Né vers 1177-1178 à Coincy-l'Abbaye, bourg de la Champagne comtale près de Château-Thierry, Gautier entra en 1193 chez les Bénedictins de Saint-Médard de Soissons, puis devint prieur de Vic-sur-Aisne en 1214, avant d'être nommé grand prieur de Saint-Médard en 1233 ; c'est là qu'il mourut en 1236.

Il était sans doute de noble origine et compte de hauts seigneurs parmi ses relations. Poète personnel et original, il n'hésite pas à parler de lui, de ses amitiés et de ses haines, très violentes, de sa santé, plutôt mauvaise, et surtout de son amour d'une ferveur exceptionnelle pour la Vierge Marie.

Gautier a écrit une Vie de sainte Christine *et un gros recueil de* Miracles de Notre Dame, *récits puisés à toutes les sources et agrémentés de réflexions et de satire. Ces* Miracles *connurent un succès prodigieux. Entre les divers* Livres *qui les composent, Gautier, bon musicien et grand connaisseur de la lyrique, a intercalé des chansons à Marie où il réutilise en les subvertissant (ou les convertissant ?) les motifs de ses rivaux, les trouvères.*

Quand la glace, la neige et la froidure s'en vont,
Quand les oiseaux ne cessent de chanter[1],
Alors il est sage que toute créature se consacre
A honorer la Dame des anges,
Car en elle est descendu pour sauver le monde
Le Roi des rois (Puisse-t-il nous pardonner nos fautes !)
7 Dont nous devons redouter le châtiment[2].

---

1. Cet exorde printanier débute — pour mieux nous tromper — comme un chant d'amour profane. 2. La Vierge, reine des anges et le Christ-Roi sont des images de la réalité sociale contemporaine du poète transposée dans le domaine divin, le « Royaume des Cieux ».

Jamais âme morte ou vive ne connaîtra
La peine ou le besoin quand Elle veut la garder ;
Nul ne l'honore sans obtenir récompense[1]
Bien plus belle qu'il n'aurait pu penser.
Pour cela je veux user ma vie, mon corps, mon cœur
A la servir sans réserve.
14 Si doux m'est ce faix à porter !

Mère de Celui qui jamais ne mentit[2]
Meilleure que nul ne saurait l'exprimer,
Défendez-nous du mal et de la honte,
Donnez à notre cœur de vous aimer si bien
Que le Trompeur[3] que le monde entier craint
Ne puisse nous prendre ni nous attraper,
21 Et menez-nous en votre clair[4] royaume.

    La chanson utilise (à dessein) un schéma très fréquent et
comprend trois coblas unissonans de sept vers décasyllabiques
sur les rimes :

                a   b   a   b   b   a   b

---

1. Gautier a absolue confiance dans la miséricorde de Marie « avocate » du
genre humain ; il y a bien sûr opposition revancharde du poète religieux au
« service » des Fins Amants dont la récompense reste du domaine de l'espoir. –
2. La fidélité à la parole (la foi donnée) est une des bases du système féodal. –
3. Il s'agit du diable, omniprésent et craint par les esprits religieux. Son nom
signifie précisément le « Calomniateur », celui qui pervertit la parole en face de
Dieu-Verbe, garant du Vrai. – 4. Nous avons déjà souligné l'importance de la
lumière.

Guiot de Provins est l'un des plus anciens trouvères. Il était d'humble origine et fréquenta comme chanteur ambulant les cours les plus célèbres du Nord, du Midi, de l'Auvergne et jusqu'à Mayence, auprès de Frédéric Barberousse. C'est peut-être dans la suite de Bernard d'Armagnac qu'il passa outre-mer vers 1190. La plupart de ses protecteurs ayant disparu à la croisade, Guiot, vieilli, aigri, se retira à Cîteaux puis à Cluny où il devait écrire en 1208 une célèbre Bible Guiot, *revue satirique et pleine de sel des Etats du monde.*

Ce trouvère, qui a suivi les cours de l'école de Saint-Trophime d'Arles, vers les années 1180, connaît très bien l'art des troubadours et en développe certains échos dans ses poésies élégantes, faciles et habilement construites.

Pour ce qui est de ma dame et de moi, je m'étonne fort
Qu'elle me possède ainsi lorsque je suis loin d'elle[1].
Je crois guérir sitôt que je la vois
Quand cela redouble le mal dont je me meurs[2].
Dieu m'aide ! c'est une forte affaire
Que de mourir parce que je l'ai vue.
Mais j'ai toute confiance en ma bonne foi
8 Et en ce fait que jamais je ne lui mentis[3].

Beaucoup me demandent pourquoi
J'aime une dame qui n'a pas pitié de moi[4].
Ce sont des rustres, des êtres de vile loi.

---

1. Le thème de l'« amour de loin », traité surtout par Jaufré Rudel, troubadour prince de Blayes, est assez rare chez les trouvères. – **2.** C'est l'image ovidienne du mal qui trouve en lui sa guérison. – **3.** L'assurance d'être sincère annonce le motif des « médisants » à la parole habile et fourbe, très important pour Guiot. – **4.** La foule des profanes, avec ses interrogations ignorantes souligne l'aspect sacré de la Fine Amour, compréhensible seulement à une élite (ceux qui vivent sous la juste Loi).

Car je ne l'ai pas encore mérité, dame,
Le doux regard [1] dont vous m'avez saisi
Ni la pensée dont mon cœur se réjouit.
Et celui qui me traite de fou
16 Ne sait pas que je suis un ami loyal.

Je suis un ami loyal et je ne fais pas folie,
Amour m'a mis tout entier dans sa prison [2].
Elle me fait aimer et chérir son être,
Bien parler, agir avec raison [3]
Celle de qui j'attends ma récompense
Si bien que je ne trouve en moi ni colère ni irritation.
Mon bel espoir, je ne voudrais l'échanger
24 A personne contre quelque don que ce soit.

Les médisants [4] nous causent un grand tort
Quand ils se vantent d'aimer par trahison ;
Ils retardent le bonheur des amants
Et sont cruels et félons pour les dames.
Puisse Dieu ne jamais leur pardonner !
Ils me tuent sans armes et sans bâton [5]
Lorsque je les vois ensemble à comploter
32 Mais ma dame ne pense que du bien [6].

Ma chanson, va-t-en, droit dans le Mâconnais
Près de mon seigneur le Comte, je lui fais ce message [7] :
Puisqu'il est noble, preux et courtois,

---

1. Le doux regard est l'aspect « coup de foudre » de l'amour. Mais « saisi »
est le terme féodal. La Dame choisit son amant en le faisant passer sous sa
saisine, sa suzeraineté, et il l'accepte en se déclarant son « Homme ». – 2. La
« prison » d'amour est un thème précieux qui se réfère néanmoins à une réalité
très fréquente au Moyen Age, où l'on rançonne beaucoup. – 3. L'amour amé-
liore l'amant. – 4. Sont craints plus que tout les habiles menteurs qui abusent
les Dames, convainquent d'erreur les amants et sèment la défiance dans un tissu
de relations où l'essentiel est la sincérité, que peut prouver la seule parole. –
5. Dans les chansons, le bâton représente l'arme qu'on utilise en champ clos,
pour des duels judiciaires... – 6. Vers ambigu : la Dame est-elle au-dessus de
toute pensée mauvaise, inaccessible donc aux médisances — ou au contraire,
incapable de voir le mal, se laisse-t-elle berner ? – 7. Le comte de Mâcon s'ap-
pelait à l'époque Girard de Vienne (père mort en 1184 ou fils mort en 1226).
Guiot est un chanteur qui vit de ses mécènes ; mais le ton mesuré de la demande
montre qu'on savait apprécier ses talents et le poète n'a pas besoin de s'abaisser
à quémander.

Qu'il garde sa valeur et qu'il l'augmente encore.
Mais je ne lui fais nulle autre demande
Que de chanter pour lui et aussi pour ma dame
Qui m'a prié ce mois de chanter[1].
40 Mais ma joie se fait longtemps attendre.

La chanson est disputée à Guiot de Provins par un autre
trouvère des premières générations, le Vidame de Chartres. Un
vidame était un officier qui défendait les intérêts d'un évêque
ou d'un abbé ; le trouvère ainsi appelé par les Chansonniers
est Guillaume de Ferrières qui mourut, sans doute déjà d'âge
mûr, à la croisade de 1204.

La chanson comprend cinq coblas ternas (rimant par trois)
hétérométriques sur un rythme instable de vers alternés hepta-
syllabes/octosyllabes :

rimes :	a	b	a	b	a	b	a	b
mètres :	8	7	8	7	8	7	8	7

---

1. La chanson a été composée sur la demande expresse de la Dame.

BLONDEL DE NESLE

On ne sait rien de sûr de ce poète ; sa terre d'origine est sans doute Nesle en Picardie. Blondel n'est pas un nom de noble et certains historiens voient en lui un poète d'humble extraction ; mais si « Blondel » est un surnom, le poète est peut-être alors le même personnage que Jean II de Nesle, châtelain de Bruges et puissant seigneur du début du XIIIᵉ siècle.

Une légende a fait de lui le ménestrel de Richard Cœur de Lion, lui aussi trouvère ; Blondel aurait retrouvé le lieu où le roi anglais emprisonné était tenu au secret en l'entendant du dehors chanter une chanson qu'ils avaient composée ensemble et il aurait ainsi permis sa libération. Tardive, cette légende veut surtout mettre en valeur la fidélité de Blondel à l'égard de ses amis, qualité qu'il manifesta assurément envers le trouvère Gace Brulé.

En tout temps ou vente la bise,
Pour celle dont l'amour m'a surpris
Mais qui n'est pas du mien surprise,
Mon cœur devient noir et bis[1].
Au nom de Fine Amour je l'ai requise,
Moi dont elle a épris cœur et corps,
Mais si elle n'est pas de son côté éprise,
8 C'est pour mon malheur que je la requis.

Mais ma douleur me devise[2]
Que je me suis attaché à la meilleure[3]
Qu'on pourrait choisir en ce monde
Si j'étais à son gré.
Mon cœur a tort de s'en estimer

---

1. « Bis » signifie gris, sombre. – 2. « Devise » : discourir, expliquer. – 3. La Dame est traditionnellement la « meilleure », Blondel, trouvère très « orthodoxe », aime à le souligner.

Jeunesse et Amant s'embrassant.
Guillaume de Lorris et Jean de Meun, *Le Roman de la rose*, Bibl. Sainte-Geneviève, Paris.

Car je ne suis pas si remarquable.
Si elle choisit, qu'elle me remarque,
16 J'en serais de valeur bien plus estimable[1].

Et pourtant la destinée
Donne aux gens bien des pensées.
Elle y mettra tôt son penser
Si Amour lui a fixé ce destin[2].
Jadis j'ai vu une dame aimée
D'un homme assez bas apparenté.
Elle avait plus haute parenté[3]
24 Et néanmoins elle l'avait bien aimé.

C'est donc justice, si Amour m'agrée,
Car je lui ai donné mon cœur.
Même si elle ne m'a pas donné son amour,
Je la servirai si longtemps selon son gré
Que, s'il plaît à ma dame désirée,
Un baiser secrètement
J'obtiendrai d'elle en secret,
32 Comme je l'ai tant désiré.

Blondel est un maître en l'art de versifier, il atteint souvent la prouesse. Son goût très sensible pour le mot le pousse à de subtiles recherches sur les sons et le sens de ses rimes.

Dans cette chanson d'amour, il a écrit en rimes dérivatives (dont la langue moderne, malheureusement ne peut rendre toujours compte) : rime féminine et rime masculine sont un mot issu d'une seule et même racine : « destine/destin » par exemple. Mais il arrive que le rapprochement n'ait plus rien d'éty-

mologique et ait été amené par les seules sonorités :
« bise/bis ».

La chanson se compose de quatre coblas doblas de huit vers
heptasyllabiques sur le schéma rimique :

a   b   a   b   a   b   b

Le Châtelain de Couci

Le Châtelain de Couci appartenait à la famille des seigneurs de Thourotte (Oise) ; c'était une lignée d'officiers qui gardaient la célèbre forteresse des sires de Coucy. Gui de Thourotte, le trouvère, participa sans doute à la troisième croisade de 1190 mais il devait être jeune encore lorsqu'il se croisa à nouveau en 1203. Il ne devait jamais atteindre Constantinople car il mourut en mer et son corps fut immergé, comme nous le raconte le chroniqueur Villehardouin.

Le Châtelain a servi lui aussi de prétexte à une légende : séparé de sa bien-aimée, après sa mort en mer, il lui fit envoyer dans un coffret son cœur embaumé. Le mari de la Dame, voyant se concrétiser ses soupçons et fou de haine jalouse, fit servir à table le cœur à la Dame. Informée de la nature de son repas, elle décida aussitôt de ne plus rien manger et mourut peu après. Cette légende, bien plus ancienne que le vrai Châtelain, est devenue la sienne lorsqu'à la fin du XIIIᵉ siècle, le romancier Jakemes eut l'idée de faire du héros de son récit un trouvère et de lui faire chanter les vers qu'avait écrits le véritable Gui de Thourotte.

La douce voix du rossignol sauvage
Que nuit et jour j'entends gazouiller et retentir
Adoucit et console mon cœur ;
Alors j'ai désir de chanter pour me réjouir.
Je dois bien chanter puisque cela fait plaisir
A la dame à qui j'ai fait hommage ;
Je dois avoir en mon cœur une grande joie
8 Si elle veut me retenir pour son bien.

Jamais envers elle je n'eus un cœur faux ni volage [1],
Cela devrait me donner un meilleur sort ;

---

1. Fidélité et sincérité (« faux et volage ») sont les vertus cardinales du « Fin Amant » et répondent à l'idéal médiéval.

Mais je l'aime, je la sers, je l'adore sans cesse
Sans pourtant oser lui découvrir mon cœur.
Car sa beauté me rend si ébahi
Que je ne sais plus devant elle nul langage ;
Je n'ose plus regarder son visage ingénu,
16   Tant je redoute d'en détacher mes yeux.

J'ai assis en elle si fortement mon cœur
Que je ne pense à personne d'autre. Dieu m'en donne la
Jamais Tristan[1], lui qui but le breuvage,   [joie !
N'aima sans regret de si profond cœur.
Car je m'y mets tout entier, cœur, corps, désir,
Sens et savoir — je ne sais si c'est folie[2],
Mais j'ai peur que de toute ma vie
24   Je ne puisse mériter ni elle ni son amour.

Je ne dis pas que je fais une folie,
Même si pour elle je devais mourir,
Car je ne trouve pas au monde si belle, si sage
Et aucune n'est si à mon gré.
J'en aime mes yeux qui me la firent apercevoir[3] :
Dès cet instant, je lui laissai en otage
Mon cœur qui depuis y a fait un long séjour
32   Et jamais je ne l'en veux séparer.

Chanson, va-t-en pour faire mon message[4]
Là où je n'ose me tourner ni me rendre,
Car je redoute tant les méchants hommes ombrageux
Qui devinent, avant qu'il ne puisse advenir,
Le bien d'amour. Dieu puisse-t-il les maudire !
Ils ont fait chagrin et outrage à tant d'amants ;

---

1. Tristan ici nommé est, comme très souvent, le parangon de l'amour... que chaque trouvère proclame dépasser ! – **2.** L'opposition traditionnelle entre « sagesse » et « folie » a pu être prise chez Ovide, poète cher aux lettrés du Moyen Age ; mais elle a été revivifiée par des rapprochements avec les *Epîtres* de saint Paul (la vraie sagesse semble folie aux yeux de la foule ignorante). – **3.** V. 29 et *sq.* : très souvent les poètes du Moyen Age peignent leur sentiment en termes de psychomachie (bataille intime) ; cœur, corps, yeux deviennent des entités distinctes, susceptibles au besoin de se combattre. – **4.** Le trouvère envoyait sa chanson terminée à sa Dame, soit qu'un ménestrel la lui chantât, soit qu'elle la chantât elle-même.

Mais j'ai toujours ce désavantage :
40 Il me faut contre mon cœur leur obéir.

Le Châtelain de Couci est un des classiques de la lyrique des trouvères. Plus attentif à l'unité de chaque strophe, dont il fait un parfait microcosme, qu'à celle de la chanson entière, il se caractérise, tout en respectant les thèmes obligés, par sa tendresse et sa sensible ferveur. Attaché au motif de la simplicité, il nous trace de sa Dame le portrait d'un être tout d'ingénuité et de fraîcheur ; il chante l'éblouissement durable de son amour avec la plus grande économie de moyens.

La chanson utilise le schéma considéré comme le plus « précieux » : cinq coblas unissonans de huit décasyllabes sur les rimes :

a   b   a   b   b   a   a   b

L'exorde printanier (strophe 1) est celui que les trouvères préféraient ; le chant du rossignol et celui du poète se répondent dans la pureté solitaire de leur cri. On remarquera que la Dame, ici évoquée, ne semble pas aussi cruellement indifférente que chez d'autres poètes. Dans ces menus chatoiements qui diversifient une poésie hautement formulaire se glisse ce qu'on peut appeler une « personnalité poétique ».

Hugues de Vaudemont
et sa femme.
Nancy,
église
des Cordeliers.

Chanson de croisade

A vous, amants, plus qu'à nul autre homme,
Il est bien juste que je me plaigne de ma peine,
Alors qu'il me faut partir au loin[1]
Et me séparer de ma loyale compagne ;
Si je la perds, il ne me reste rien.
Sachez-le bien, Amour, assurément,
Si quelqu'un est jamais mort pour avoir le cœur triste,
8 Jamais par moi ne sera plus composé vers ni lai.

Beau sire Dieu, qu'adviendra-t-il et comment ?
Faudra-t-il à la fin que je prenne congé d'elle ?
Oui, par Dieu, il n'en peut être autrement :
Sans elle, il me faut aller en terre étrangère[2] ;
Maintenant je crois que les grandes peines ne me
                              [manqueront pas,
Puisque je n'ai d'elle ni réconfort ni apaisement
Et que je n'attends pas d'une autre la joie d'amour
16 Si ce n'est d'elle, et je ne sais si cela sera jamais.

Beau sire Dieu, qu'en sera-t-il de l'absence
De la grande consolation, de la compagnie
Et de l'amour qu'avait coutume de me manifester
Celle qui était ma dame, ma compagne, mon amie ?
Quand je me rappelle sa douce courtoisie
Et les tendres mots qu'elle savait me dire[3],
Comment mon cœur peut-il rester dans mon corps ?
24 S'il ne s'en sépare pas, il est certes mauvais.

---

1. On appelle aussi ces chansons des « départies ». Le poète y souligne avec force le lien indissoluble entre l'amour et le chant (ou la poésie). – **2.** La terre d'outremer était celle de tous les dangers. – **3.** Le poète laisse ici entendre, ce qui est rare, que son amour fut partagé et que la Dame avait su lui accorder quelques heureuses certitudes.

Dieu n'a pas voulu me donner pour rien
Toutes les délices que j'ai eues en ma vie,
Maintenant il me les fait cher payer ;
J'ai grand peur que le prix demandé ne me tue.
Pitié, Amour ! Si Dieu fit jamais acte de vilain,
C'est en vilain qu'il rompt un bon amour.
Moi, je ne puis m'ôter l'amour du cœur
32 Et pourtant il faut que je quitte ma dame [1].

Désormais seront heureux les faux médisants
A qui les biens dont je jouissais pesaient tant ;
Mais je ne serai jamais assez pèlerin [2]
Pour avoir à leur égard de bonnes intentions.
Même si je devais y perdre le profit du voyage,
Les traîtres m'ont fait tant de mal
Que si Dieu voulait que je les aime,
40 Il ne pourrait me charger d'un plus pesant faix.

Je m'en vais, ma dame [3]. A Dieu le créateur
Je vous recommande où que je me trouve.
Je ne sais si vous verrez jamais mon retour ;
Il est possible que je ne vous revoie jamais.
Mais je vous prie, pour Dieu, où que nous soyons,
Que vous honoriez notre engagement, que je revienne ou
[demeure,
Et je prie Dieu qu'il m'accorde honneur
48 Autant que je vous ai été un ami sincère.

    Cette chanson de croisade, chanson aussi d'adieu à la Dame,
comprend six coblas doblas de huit vers décasyllabiques sur le
schéma rimique :

              a   b   a   b   b   a   a   c

---

1. Ces cris de révolte contre le ciel sont plus ou moins traditionnels et ne
remettent pas en cause le départ. – **2.** Le pèlerin, confessé et absous avant son
long voyage, se devait de pardonner à ses ennemis. – **3.** Le pathétique de cette
strophe vient de ce que le poète, précisément, ne revint pas. Les contemporains
y furent sensibles comme en témoigne la légende du Châtelain.

GACE BRULÉ

*Considéré par les poètes et amateurs de son époque comme
l'un des plus parfaits poètes en « l'art de trouver », il n'est
pour nous pas beaucoup plus qu'un nom. Il semble avoir eu
son fief à Nanteuil-les-Meaux, en Brie et il se dit donc Champenois (du comté de Champagne) ; c'était un petit chevalier et
« Brulé », terme de blason, rappelle ses armes. Certains critiques voient en lui un des tout premiers trouvères mais c'est
pure conjecture ; des chartes nous indiquent qu'il était vivant
en 1213 et fréquentait la cour du jeune couple royal Louis VIII
et Blanche de Castille. Il connaît parfaitement les troubadours
mais s'en distingue nettement.*

Les oiselets de mon pays[1],
Je les ai entendus en Bretagne.
A écouter leur chant, je crois bien
Que jadis je les entendis
Dans ma douce Champagne,
Si je ne me trompe.
Ils m'ont mis en un penser si doux
Que je me suis mis à chanter
Dans l'espoir d'obtenir
10 Ce qu'Amour m'a promis depuis longtemps.

En longue attente je me languis
Sans trop me plaindre.
J'y ai perdu les jeux et les rires ;
Car celui qu'Amour harcèle
Ne pense pas à autre chose.
Tant de fois j'ai trouvé

---

1. Cette allusion aux oiseaux du pays alimente la nostalgie, sentiment assez
présent dans l'œuvre de Gace ; on remarquera le lien entre le chant et le souvenir
d'un autre chant, qui fait penser à la grive chère à Chateaubriand, dont la voix
fait remonter le souvenir.

Mon corps, mon visage bouleversés
Que j'en ai pris une bien folle apparence.
D'autres peuvent manquer à Amour,
20 Mais moi, je ne l'ai jamais trahi[1].

Par un baiser[2] elle m'a dérobé mon cœur,
Ma noble et douce dame.
Il fut bien fou quand il m'abandonna
Pour celle qui est mon tourment.
Hélas ! — et je n'ai rien senti
Quand mon cœur me quitta.
Elle me le vola avec tant de douceur
Qu'elle le tira à elle sur un soupir.
Mon fou de cœur, elle le fait vivre de désir,
30 Mais jamais pour moi, elle n'aura de pitié.

Ce baiser-là, je m'en souviens tant et tant,
Que je lui donnai, si bien qu'en ma pensée
Il n'y a pas d'heure — c'est ce qui m'a trahi —
Où sur mes lèvres encore je ne le sente.
Puisqu'elle a bien souffert
Que je la regarde,
Que ne m'a-t-elle sauvé de la mort !
Elle le sait bien que j'en meurs
Dans cette longue attente.
40 J'en ai le visage tout pâle et blêmi.

Puisqu'il me fait perdre les jeux et les rires,
Et fait mourir de désir,
Il me fait trop cher payer,
Amour, d'être son compagnon.
Hélas ! Je n'ose aller près d'elle
Car pour ma folle apparence[3]

---

1. Comme chez le Châtelain de Couci, Gace insiste sur la valeur qui naît d'être fidèle et de soutenir l'épreuve ; mais le ton est ici beaucoup plus âprement pathétique ; l'amour de Gace prend souvent des accents tragiques. – 2. Ce baiser — entre autres — dément le caractère éthéré que l'on a parfois prêté aux vers des trouvères. On remarquera à ce propos la sensualité du souvenir ressassé. – 3. Comme chez le Châtelain, le thème des « losengiers » compte beaucoup dans le système poétique de Gace.

Les hypocrites soupirants me font condamner.
J'en meurs quand je les vois lui parler
Alors que nul d'entre eux
50 Ne pourrait trouver en ma dame la moindre perfidie.

La chanson, aux strophes notablement longues, est bâtie sur un schéma rythmique rare : elle comprend cinq coblas doblas de dix vers hétérométriques :

rimes :	a	b	a	b	a	a	a	a	a	b
mètres :	8	6	8	6	5	5	8	8	6	8

Il me plaît bien, l'été, quand les bois retentissent,
Quand les oiseaux chantent parmi le bocage
Et l'herbe verte se mouille de la rosée
Qui la fait étinceler au long des rives.
Je veux que mon cœur souffre de Bon Amour
Car nul n'a un cœur aussi loyal que le mien.
Et toutefois elle est d'une si haute naissance,
8 Celle que j'aime : il n'est pas juste qu'elle me veuille.

Je suis un fin amant quoi qu'Amour m'accorde
Mais je n'aime pas comme un homme de cet âge,
Car nul ami aimant et accoutumé d'aimer
Ne trouve autant que moi Amour cruel.
Hélas ! malheureux, quel orgueil a ma dame
Envers son ami dont elle [1] n'apaise pas la douleur.
Pitié, ô Amour ! Si elle regarde la naissance,
16 Me voilà mort. Priez plutôt qu'elle me veuille [2] !

---

1. Gace aime beaucoup jouer sur l'ambiguïté du pronom Elle (Amour est féminin en ancien français) qui lui permet d'éviter les reproches directs à sa Dame. – 2. Gace se juge constamment indigne de sa Dame, par le rang et surtout par le mérite ; de son côté, elle nous apparaît comme une coquette orgueilleuse et insensible.

Pour bien aimer Amour me donne grand sens[1].
Il m'a donc trahi si je ne plais pas à ma dame.
J'en prie Dieu : que cette volonté de plaire ne me quitte
[point
Car il me paraît bon qu'elle soit entrée en mon cœur.
Toutes mes pensées sont à ma dame où que j'aille.
Elle seule peut être mon médecin
Et guérir la peine dont je soupire en secret[2].
24 Je me rends à la mort plutôt que d'endurer tel assaut.

J'ai peur que bien aimer ne m'apporte rien
Puisque pitié et compassion sont oubliées,
Chez celle qui me torture si fort[3].
Tous jeux, tous rires me sont interdits, ainsi que la joie.
Hélas ! malheureux, si déchirante séparation !
Je quitte la joie et je savoure la douleur
Dont je soupire à la dérobée, en secret.
32 Cependant tout m'est bien[4], d'Amour peu importe l'assaut.

Amour pénètre à grande merveille dans mon fin cœur :
Ce cœur qui m'appartient et pourtant veut me tuer,
Lui qui aspire délibérement à un si haut objet.
Je ne saurais exprimer toute ma douleur.
Je suis bien mort si Amour ne m'apporte son aide,
Car d'elle je n'ai obtenu que peine et chagrin.
Mais il est mon maître, je n'ose le contredire.
40 Il me faut aimer pour peu qu'il l'ait décidé.

A minuit, une souffrance m'éveille
Qui le lendemain m'ôte les jeux et les rires ;
Elle me murmure à bon droit dans l'oreille
Que j'aime celle pour qui je meurs dans le martyre[5].

---

1. « Ce grand sens » est la sagesse qui naît de bien aimer. – 2. V. 21 et
suivants : l'image de l'amour mal, maladie et médecin, représente des variations
sur les traités d'Ovide. – 3. Il s'agit toujours de la cruauté de la Dame, ce thème
traditionnel prend chez Gace des accents très véridiques. – 4. « Tout m'est
bien » : sur la foi de ce vers et d'autres semblables, certains ont jugé Gace
comme un être au tempérament passif ; il faut plutôt y lire un idéal d'héroïsme.
– 5. « Martyre », mot cher à Gace, implique à la fois un arrière-plan religieux,
l'idée ancienne mais encore présente du témoin (amour exemplaire) et l'exalta-
tion hyperbolique d'une souffrance incommensurable.

C'est vrai, je le fais, mais elle n'est pas fidèle
Envers son ami qui se consume en son amour ;
Et pourtant de l'aimer, je ne dois pas m'en dédire.
48 Je ne peux le nier, mon cœur l'a ainsi décidé.

Gui de Ponceaux[1], Gace ne sait plus que dire :
50 Le dieu d'Amour nous donne de bien méchants conseils.

Fin connaisseur de l'art des poètes de son époque, Gace utilise les thèmes des troubadours pour enrichir sa propre personnalité poétique, sa vision tragique et héroïque de l'amour vient s'allier à un lumineux orgueil de sa valeur de trouvère. Évitant les images, ses chansons sont d'une stylisation presque austère ; seule la mélancolie profonde de son tempérament adoucit la rigueur d'une écriture dont la densité frôle parfois l'hermétisme.

La chanson représente une prouesse de versification ; elle se compose de six coblas doblas de huit vers décasyllabiques sur le schéma rimique :

a b a b b a a b

Le poète a organisé des retours de rimes qui créent un effet incantatoire qu'on a pu rapprocher des effets obtenus par Baudelaire dans *Harmonies du soir*.

Trois types de liaisons entre les rimes :

1) La rime finale de la strophe 1 devient la première de la strophe 2, celle de la 2 la première de la 3 et ainsi de suite.

2) Trois mots-rimes se font écho dans le même ordre de deux strophes en deux strophes, les rimes 5, 6, 7.

3) Les rimes 3 et 4 des couplets 1, 3 et 5 sont reprises en ordre inverse dans les couplets 2, 4 et 6.

Les troubadours avaient été des familiers de ces recherches sur le vers et la rime ; les trouvères s'y intéressèrent beaucoup moins. Chez Gace, ces retours se marient particulièrement bien à l'aspect obsessionnel qu'il a choisi de donner à sa passion malheureuse.

---

1. Envoi : on n'a pas identifié Gui de Ponceaux, ami très cher de Gace souvent nommé comme destinataire, la similitude du prénom incite à penser au Châtelain Gui de Couci.

L'exorde printanier est un des plus réussis de la lyrique, les éléments sont réduits à une extrême stylisation : chant des oiseaux, verdeur de l'herbe, lumière transparente d'un soleil redoublé en son éclat.

GAUTIER DE DARGIES

Descort

Trouvère des bords du pays picard (Dargies dans l'Oise), Gautier de Dargies était de petite noblesse et vécut au début du XIIIᵉ siècle. Il fut l'ami de Gace Brulé et connut tous les poètes de cette médiévale « Pléiade » qui entourait le trouvère champenois. Gautier nous a laissé de nombreux poèmes en divers registres, des débats, notamment avec Richard de Fournival (cf. p. 81), des chansons d'amour et surtout de remarquables descorts.

Parfois appelé lai-descort, ce type de chanson utilise systématiquement l'hétérométrie (plusieurs mètres dont certains très courts, deux, trois et quatre syllabes) et l'hétérostrophie (strophes de longueur inégale). L'aspect « discordant » créé par cette disparité était renforcé par la mélodie, variant de strophe en strophe (alors que la chanson reprenait à chaque strophe la même musique) et le poète pouvait se permettre tous les changements de ton et de thématique.

Esprit irascible, railleur et critique, Gautier est particulièrement à son aise dans ce registre qui lui permet d'exhaler ses humeurs, sans épargner même sa Dame qui est fort belle « depuis longtemps », tout en protestant de son incomparable valeur de poète et amant ! La même vigueur caractérise ses images.

La douce pensée
Qui me vient d'Amour
M'est entrée dans le cœur
A jamais sans retour :
Je l'ai tant désirée,
Cette douce souffrance,
Que rien qui existe
8   N'a pour moi autant de saveur[1].

---

1. Saveur : Gautier est très sensuel.

Douce dame, je ne vous ai jamais dit
Ma grande douleur, mais je vous l'ai toujours cachée.
Mes yeux m'ont tué en me jetant dans ce trouble
Dont jamais je n'épuiserai la peine ;
Je le leur pardonne car ils m'ont fait assez d'honneur
14 En me faisant aimer la meilleure du monde [1].

Qui voit sa blonde chevelure [2],
Qui ressemble à de l'or,
Et son cou à l'éclatante blancheur [2]
Sous son chef doré !
Elle est ma dame, elle est ma joie,
Elle est mon riche trésor ;
Certes, je ne voudrais pas,
22 Sans elle, valoir autant qu'Hector [3].

Aimer une si belle dame,
Nul ne pourrait s'en empêcher ;
Puisqu'Amour m'y fait penser,
Il devrait bien aussi m'apprendre
Comment je pourrais obtenir mon bonheur,
28 Puisque je ne peux envisager un autre amour.

Si je lui disais
Que son amour devrait être mien,
Je serais trop orgueilleux,
32 Même si je ne faisais que le penser.

Je souffrirai plutôt mon martyre !
Elle ne saura jamais ma pensée,
Si elle ne considère par compassion
Les maux qu'elle me fait endurer,
Je redoute tant qu'elle me rejette
Par son très grand pouvoir ;

---

1. La deuxième strophe est de ton fort précieux et contraste avec la troisième, plus simple. – **2.** La blondeur et la blancheur sont l'apanage de toute noble Dame. – **3.** Hector : la guerre de Troie est un thème apprécié des auteurs du Moyen Age ; fin XIIᵉ siècle, à la cour anglo-normande, Benoit de Sainte Maure récrivit un énorme *Roman de Troie*.

Je pourrais bien dire telle parole
40   Dont elle me saurait mauvais gré[1].

Là où Dieu a réuni
Le prix, la valeur et la beauté,
Va-t-en, mon descort, sans dire davantage
Que ceci, pour l'amour de Dieu,
Qu'on peut bien, grâce à toi, estimer
Que je ne chante que pour ma seule dame,
47   Dieu me donne d'en être aimé !

La première strophe de huit vers est en pentasyllabes
(cinq pieds), la seconde de six vers en décasyllabes, elles
riment l'une en : ab ab ab ab, et l'autre en : ba ba ba ; la
troisième comprend huit vers de six pieds sur cd cd cd cd ; la
quatrième six vers en heptasyllabes : ef ef ef ; la cinquième,
quatre vers en pentasyllabes : cccc ; la sixième huit vers en
heptasyllabes avec les rimes ge ge gh gh, et la septième en
heptasyllabes : hh gh ghh : on aura compris la complexité des
descorts ! et la mélodie changeait aussi.

---

1. Ces paroles critiques sont précisément celles que permet le descort.

THIBAUT DE CHAMPAGNE

Né en 1201 après la mort de son père Thibaut III, comte de Champagne, Thibaut IV était le descendant d'Aliénor d'Aquitaine par sa grand-mère, la comtesse Marie de Champagne, protectrice fameuse de poètes. Thibaut eut une jeunesse agitée car on contesta ses droits au comté alors qu'il était mineur ; puis il suivit tantôt les barons hostiles à la régente Blanche de Castille tantôt la régente qui était sa parente ; en effet la mère de Thibaut, Blanche de Navarre, était la sœur du roi Sanche de Navarre. Thibaut fut médiateur entre Raimond VII de Toulouse, lui aussi son parent, et la couronne, lors des guerres qui déchirèrent l'Albigeois. En 1234, la mort de son oncle Sanche fit du comte de Champagne le roi de Navarre et il partagea désormais son temps entre son royaume et son comté, sans jamais cesser de composer des poésies très variées.

Les envois de ses chansons nous le montrent en relation avec nombre des poètes de son époque. La connaissance profonde qu'il révèle de l'œuvre de Gace Brulé laisse supposer que le trouvère de Meaux avait été son maître.

En 1239, Thibaut se croisa et devint le chef de la « croisade des barons ». Après le désastre de Gaza, il se montra aussi bon diplomate que commandant peu écouté, pèlerina avec une grande piété dans les Lieux saints avant de revenir en France. Il mourut à Pampelune en 1253.

De Fine Amour viennent sagesse et bonté [1]
Et Amour vient à son tour de ces deux qualités ;
Les trois sont une même chose si l'on y pense bien
Et jamais on ne pourra les séparer.
Ensemble ils ont établi d'un commun accord
Leurs éclaireurs qui sont partis en avant.

---

[1]. Bonté a encore ici son sens fort de « vaillance », « valeur » (cf. le roi Jean le Bon, c'est-à-dire le Brave).

Codex Manesse, Recueil de Minnesänger, Bibl. de l'université, Heidelberg.

Ils ont fait de mon cœur leur grand-route
8 Et tant l'ont foulée que jamais ils ne la quitteront.

Les éclaireurs sont dans la lumière quand il fait nuit[1]
Mais le jour, à cause des autres, dans l'obscurité :
Ce sont son doux regard plaisant et savoureux,
Sa grande beauté, les qualités que je vis en elle.
Nulle merveille si j'en fus stupéfait :
De sa présence Dieu a illuminé le monde
Car si l'on prenait le plus beau jour d'été,
16 Il serait obscur auprès d'elle, en plein midi[2].

Dans l'amour, il y a peur et hardiesse :
Les deux sont trois et ils procèdent du troisième.
Une grande valeur leur est attachée
Où tous les biens trouvent refuge et abri.
Ainsi Amour est-il l'hôtel d'autrui[3]
Car nul n'y manque de place à sa convenance.
Mais moi, dame de toute valeur, j'ai été privé
24 De votre hospitalité et je ne sais plus où je suis.

Je ne vois plus qu'une chose, me confier à elle
Car j'ai oublié toute autre pensée que celle-ci.
J'en attends ma mort ou ma belle joie,
Je ne sais laquelle, depuis que je fus devant elle.
Alors ses yeux ne me causèrent point de tourment,
Au contraire, si doucement ils vinrent me frapper
D'un désir amoureux, en plein dans mon cœur :
32 Le coup que je reçus s'y trouve encore[4].

---

1. V. 9 et suivants : l'image précieuse des yeux, sentinelles qui foulent le cœur-route est annoncée en strophe 1 et poursuivie en strophe 2. Thibaut se caractérise, en effet, par sa capacité de donner une grande unité à ses chansons. – 2. L'importance de la lumière dans cette poésie correspond au culte de la clarté propre au XIIIe siècle. Image philosophique de Dieu, la lumière est le plus pur de l'immatériel que les architectes recherchèrent jusqu'à composer ce bijou de verre qu'est la Sainte-Chapelle, contemporaine des trouvères. Blondeur, lumière, été sont des « métaphores obsédantes » du système poétique de Thibaut. – 3. L'hospitalité est une haute valeur au Moyen Age ; ici Amour se fait ouverture à tous, accueille et enrichit tous. – 4. Strophe 4 : Thibaut est parmi les trouvères celui qui a le plus chanté « l'oubli » amoureux, cette extase qui dépossède l'être de soi-même.

Ce coup fut violent, il ne cesse de s'aggraver ;
Et aucun médecin ne pourrait me guérir
Si ce n'est celle même qui lança la flèche,
Si elle daignait toucher la plaie de sa main.
Elle pourrait bien guérir le coup mortel,
En ôtant tout le bois, comme je le voudrais tant ;
Mais la pointe de fer[1], elle ne pourra la retirer
40 Puisqu'elle l'a brisée dans la plaie en portant le coup.

Dame, je n'ai d'autre messager
Par qui j'ose vous envoyer mon cœur
43 Que ma chanson... si vous voulez bien la chanter.

Cette chanson est composée sur le schéma fréquent et fort
estimé de cinq coblas doblas de huit vers en décasyllabes :

a   b   a   b   b   a   a   b

La chanson est d'une préciosité qui confine par endroits à
l'énigmatique. Le rapprochement entre la Trinité divine et les
trois instances qui composent Amour, Trine et pourtant Une
(strophes 1 et 3), accentue le caractère sacré de la passion profane glissant ainsi jusqu'au mystère.

Je suis semblable à la licorne[2]
Stupéfaite en sa contemplation
Lorsqu'elle dévisage la jeune fille.
Elle est si ravie de son tourment
Qu'elle tombe évanouie sur le sein de la belle.
Alors traîtreusement on la tue.
Moi aussi, j'ai été tué, et de la même façon,

---

1. L'image du fer amoureux fait partie de la thématique de l'amour guerrier.
– 2. La légende de la licorne est bien connue : cette bête fabuleuse et sauvage,
dotée d'une corne unique aux vertus extraordinaires, ne pouvait être capturée
que par une jeune vierge qui lui présentait son sein. On notera que, endormie
sur le giron de la belle, la licorne était capturée, non mise à mort ; mais Thibaut
ici vise au pathétique pour rendre son sort plus pitoyable.

Par Amour et ma dame, c'est vérité ;
9 Ils détiennent mon cœur, je ne peux le reprendre.

Dame, quand je me trouvai devant vous,
Quand je vous vis pour la première fois,
Mon cœur tremblant bondit si fort
Qu'il resta près de vous quand je m'en fus.
Alors on l'emmena sans possible rançon,
Comme prisonnier, dans la douce geôle[1]
Dont les piliers sont faits de désir,
Les portes de belle vision
18 Et les anneaux de bon espoir.

La clef de cette prison, Amour la détient
Et il y a placé trois gardiens :
Beau Semblant[2] est le nom du premier ;
Amour leur a donné Beauté comme maître ;
Devant, sur le seuil, il a mis Refus[2],
Un répugnant traître, un rustre dégoûtant,
Qui est très méchant, un misérable.
Ces trois-là sont prompts et hardis ;
27 Ils ont vite fait de s'emparer d'un homme.

Qui pourrait endurer les violences
Et les assauts de ces portiers ?
Jamais Roland ni Olivier[3]
Ne triomphèrent en si forte bataille ;
Eux vainquirent en combattant,
Mais ces gardiens, on les vainc en s'humiliant.
Souffrance est notre porte-bannière
En cette bataille dont je vous parle,
36 Il n'y a de secours que dans la pitié.

---

1. La prison amoureuse avec ses éléments allégorisés fait penser au *Roman de la rose* de Guillaume de Lorris, œuvre contemporaine de Thibaut, où l'allégorie est devenue la base structurelle du récit. – **2.** Dans le *Roman de la rose*, « Bel Accueil » correspond à « Beau Semblant » et l'opposant « Refus » (« Dangier ») porte le même nom. – **3.** Roland et Olivier quittent souvent la chanson de geste pour servir de référents du courage aux trouvères.

Dame, maintenant je ne crains rien davantage
Que de ne pas obtenir votre amour.
J'ai si bien appris à endurer
Que je suis devenu votre bien par coutume.
Même si cela vous ennuyait,
Je ne peux plus m'en aller
Sans en garder le souvenir,
Sans que mon cœur ne reste toujours
45 Dans la prison, tout en étant près de moi[1].

Dame, puisque je ne sais pas mentir,
Il serait temps d'avoir pitié de moi
48 Qui soutiens un si lourd fardeau[2].

La chanson est composée de cinq coblas doblas de neuf vers octosyllabiques ; le schéma comme le mètre sont assez peu fréquents chez les trouvères et tout particulièrement chez Thibaut ; peut-être est-ce une façon voilée de signaler l'aspect romanesque des motifs (l'octosyllabe est le mètre des romans arthuriens en vers) ? De même le frons (première partie de la strophe) en rimes embrassées est plus habituel aux troubadours qu'aux trouvères :

rimes : a b b a c c b d d

La poésie de Thibaut est très savante, elle s'appuie sur les « traités scientifiques » de son époque et sur les romans.

---

1. L'humour léger qui tempère la dernière strophe après les plaintes hyperboliques des vers précédents est typique de l'écriture de Thibaut. – 2. L'envoi ramasse en une pointe précieuse ou apporte une conclusion sentencieuse au poème. Mélodiquement, il reprenait la fin de la strophe.

DUCHESSE DE LORRAINE

Plainte funèbre

Maintes fois on m'aura demandé
Pourquoi je ne chante plus comme j'en avais l'habitude ;
C'est que je suis si éloignée de la joie
Que je devrais en être encore plus empêchée,
Et ce que je voudrais, c'est mourir de la même façon
Que le fit celle à qui je voudrais ressembler :
7 Didon qui pour Enée fut tuée[1].

Ah, ami ! tout votre plaisir,
Que ne l'ai-je fait tant que je vous voyais ?
La vile foule que je redoutais tant
M'a tant blessée, tant retenue
Que jamais je ne pus récompenser votre service.
Si cela était possible, je m'en repentirais davantage
14 Qu'Adam ne le fit pour la pomme qu'il avait prise[2].

Jamais pour son Fouques[3] ne fit tant Anfélise
Que je ferais pour vous, ami, si je vous avais de nouveau ;
Mais cela ne sera jamais, à moins que je ne meure.
Mais je ne peux mourir de cette façon
Car Amour m'a encore promis de la joie[4].
Je veux pourtant souffrir et non éprouver de la joie :
21 Peine et tourment, voilà la rente qui m'est assignée.

---

1. *L'Enéide* fut adaptée au Moyen Age sous le titre d'*Eneas*. Dans cette œuvre, comme dans toutes les allusions à Virgile, le personnage de Didon est objet de réprobation ; d'où l'intérêt de ces vers qui mettent explicitement en cause la responsabilité d'Enée en cause ! – **2.** Là aussi c'est Adam le coupable et non Eve, unanimement maudite par tout le Moyen Age... – **3.** Fouques de Candie est le héros d'une chanson de geste célèbre où on le voit conquérir les villes d'Espagne et le cœur de la belle Sarrasine Anfélise qu'il épousera. – **4.** Cette phrase, un peu obscure, semble nous indiquer que la poétesse était encore très jeune, trop pour renoncer définitivement à l'amour.

71

Par Dieu, mon aimé, en grande douleur m'a mise
La vile mort qui guerroie le monde entier.
Elle vous a pris à moi, vous que j'aimais tant.
Me voilà Phénix [1], lasse, seule, repoussée,
Oiseau qui est tout seul, comme on le raconte.
Mais je n'y trouverais guère confort
28 Si ce n'était qu'Amour m'a en son pouvoir.

Contrairement aux poétesses du Midi, les « trobairitz », il nous reste très peu d'œuvres féminines en langue d'oïl. La plupart des « chansons de femmes » furent en effet composées... par des hommes.

Cette énigmatique « duchesse de Lorraine », nommée par un unique chansonnier, est sans doute la propre fille du roi Thibaut IV de Champagne.

La chanson est de facture classique, avec cependant un frons embrassé : quatre coblas unissonans de sept vers décasyllabiques :

          a b   b   a a b   a

Le sujet en est remarquable — l'amant est mort et la jeune fille regrette de ne pas lui avoir tout accordé —, ainsi que par les allusions à la littérature de l'époque qu'elle renferme.

---

1. Le Phénix, oiseau fameux, avait déjà été chanté par d'autres trouvères, dont Thibaut IV.

COLIN MUSET

Colin est un jongleur-ménestrel qui vécut dans le second tiers du XIIIᵉ siècle sur les confins de la Champagne et de la Lorraine dont il fréquenta assidûment les châteaux en quête de sa subsistance, il glorifie ainsi une « bonne duchesse de Lorraine » et ne se prive pas de vitupérer contre les seigneurs avares !

« Muset » est un surnom de métier qui évoque aussi bien un instrument de musique (la musette) que la souris (musaraigne) ou le verbe « muser » (s'amuser, ne rien faire) et ce diminutif signe son appartenance au petit monde des chanteurs ambulants. Colin s'en glorifie dans ses vers, s'il sait chanter la Fine Amour avec les accents les plus classiques, il préfère se poser en gai luron, amateur de la « Bonne Vie », avec de plantureux repas bien arrosés, de faciles et plaisantes jouvencelles et l'ombre des prairies fraîches en été. Sa verve joyeuse et spirituelle est assez originale dans le chœur des trouvères du XIIIᵉ siècle.

Je suis surpris d'une amourette
Pour une toute jeune demoiselle :
Elle est belle, elle est blonde,
Elle est plus blanche qu'hermine,
Son teint est aussi brillant
6 Que la rose nouvelle.

Telle était jadis la princesse,
La fille du roi de Tudèle[1].
Elle portait une robe toute nouvelle
D'un flamboyant tissu d'or,

---

1. Tudèle en Espagne est la ville des chansons de geste où règne un « amiral », richissime oriental ; ici elle devient terre de légendes et de trésors...

Une mante, un surcot[1] et une coiffe,
12 Et tout cela lui seyait à ravir.

Sur sa tête blonde une couronne d'or
Brillait et étincelait,
Car on y avait ajouté saphirs, rubis
Et nombre d'émeraudes[2] superbes.
Mon Dieu ! Ah si je pouvais un jour
18 Être l'ami d'une telle demoiselle !

Elle avait une ceinture de soie,
Brodée d'or, ornée de pierreries ;
Dans la flamme de leur éclat,
Tout son corps se fait lumière.
Que Dieu me donne d'avoir d'elle ma joie
24 Car elle est toute ma pensée.

Je regardais son corps gracieux
Qui tant me plaît et m'attire.
J'en mourrai, j'en suis sûr,
Pour l'avoir trop aimée !
Mais non, si Dieu veut bien,
30 Elle me donnera plutôt son amour !

Dans un verger[3] magnifique,
Ce matin je l'ai aperçue
Qui jouait et s'amusait
Jamais je ne l'oublierai
Car je le sais, j'en suis certain,
36 On ne peut trouver si belle.

Elle s'est assise près d'un rosier,
Si belle et si sage,
Elle brille à souhait

---

1. Le surcot se passait par-dessus la cotte, tunique portée, elle, sur la chemise de corps (dite peliçon) ; l'ensemble du vêtement (cotte, surcot et gonelle ou coiffe) formait la « robe » (cf. garde-robe). – 2. Le goût de l'or et des pierreries dure tout le Moyen Age ; ici la féérie l'emporte sur le réel ! – 3. Le verger, jardin près du château, représente la nature civilisée et l'espace courtois par excellence.

Comme l'étoile du matin.
L'amour d'elle me brûle et consume
42 Qui m'est entré dans le cœur.

Je m'oubliais à la contempler
Jusqu'à ce qu'elle s'en allât.
Dieu, quel malheur de l'avoir regardée
Quand elle m'a si vite échappé !
Jamais plus je n'aurai de joie
48 Que celle qu'elle voudra me donner.

Je l'avais à peine aperçue
Que je crus que c'était une fée.
Nulle autre ne me fera renoncer
A retourner en son pays
Et alors je lui demanderai
54 Son amour que mon cœur désire.

Et si elle devient mon amie,
Ma joie sera complète,
Je ne l'échangerais pas
Pour le royaume de Syrie [1] !
Il mène une vie si belle
60 Celui qui aime si noble demoiselle !

Je prie Dieu de m'accorder son aide
62 Car je ne désire rien d'autre qu'elle.

Dans ce *lai-descort* où triomphe l'hétérogénéité typique du genre, la belle devient une princesse de légende, une fée dont on ne sait trop si le poète la rêve ou si elle fut réellement une de ces châtelaines, bien au-dessus du simple jongleur qu'était notre Colin.

Sous des apparences faciles, la pièce est d'une complexité rythmique extrême : dix strophes dont la première et la dernière ont même schéma rimique et même mètre, puis la stro-

---

1. Allusion un peu narquoise à la terre d'outremer dont Colin laisse les dangers à d'autres que lui !

phe 2 renvoie à la 8, la 4 à la 7, la 5 à la 6, ce qui donne deux parties égales mais exactement inverses pour la chanson ; une seule irrégularité : 3 et 8 sont de mètres différents (heptasyllabes et octosyllabes).

GUILLAUME LE VINIER

Le clerc Guillaume le Vinier fit partie des cercles d'Arras.
Avec ces poètes, la bourgeoisie à son tour s'empare des thèmes
prestigieux de la « Fine Amour ». Les poètes artésiens ont par-
ticulièrement prisé les jeux partis ; mais Guillaume le Vinier
tranche sur ses amis par la vigueur de son talent qui s'exprime
en de nombreux registres. Guillaume le Vinier écrivit entre
1220 et 1245, date de sa mort.

Le chant m'aurait peut-être aidé un jour,
Je me suis, dans ce cas, trop retenu de chanter ;
Pourtant cela m'a tant avancé
Que ma loyauté s'est attiré de plus en plus de louanges.
Mais ces louanges m'ont trompé [1]
Comme pour le joueur qu'on félicite
Et qui prend tant de plaisir à s'entendre louer
Qu'il ne voit plus s'il y perd son vêtement.
9 C'est ainsi que je me trouve habilement trompé.

Si Amour a jamais éprouvé de la pitié,
Puisque je suis tenu pour loyal,
Je dois donc trouver une loyale amitié,
Car je l'ai attendue bien longtemps.
Je dois l'avoir, si quelqu'un l'a jamais eue !
Mais ceci me fait peur que jamais
Cordonnier n'a possédé de bons souliers [2],
Jamais drapier n'a eu un beau vêtement,
18 Et jamais non plus d'amie le loyal ami.

---

1. Le joueur abusé apparaît plus souvent dans la satire que dans la chanson
d'amour ; il jette le discrédit sur le dieu d'amour que, dans les cercles artésiens,
on honore déjà moins. – **2.** V. 16, 17 et 18 : suite de proverbes.

Amour m'a soulagé du moins en ceci
Que lorsque je vais là-bas, je suis bien accueilli.
Mais si j'y trouve un brin d'amitié,
Dès mon départ on me le reprend.
Je suis le pauvre misérable
Qu'on fait creuser pour chercher de l'or,
Et on le surveille[1] de si près qu'il ne pourrait
En emporter, si bien caché l'eût-il ;
27 Ainsi repart-il pauvre et nu.

Et quand je me sens si maltraité,
Ne serait-il pas bon de me retirer
Avant qu'on ne m'ait causé plus de dommage ?
Voilà que j'ai parlé comme un lâche renonceur,
J'agis comme l'enfant trompé.
Lorsqu'il s'est brûlé en se chauffant de trop près,
Il court plonger son doigt dans l'eau
Pour calmer la brûlure, qui ne l'en cuit que davantage :
36 Chair blessée par le feu, le feu la guérira[2].

La chanson, assez originale, comprend quatre coblas unissonans de neuf octosyllabes sur le schéma rimique :

a b a b b b c c b b

Guillaume était très doué comme poète et comme musicien.

---

1. P. Ménard, l'éditeur de cette chanson, évoque une miniature où l'on voit
les pauvres ouvriers fouillés au sortir de la mine. On se rappelle que l'image de
l'or raffiné sous-tend celle de la Fine Amour. – **2.** Image traditionnelle de l'enfant, développant la « sagesse » exprimée par notre proverbe moderne « chat
échaudé craint l'eau froide ». Le poète peut ainsi terminer sur une pointe à allure
sentencieuse.

MONIOT D'ARRAS

Attesté entre 1213 et 1239, Moniot vécut, comme l'indique son nom, dans les cercles d'Arras au moment où cette cité brillait de toute son opulence et s'essayait à la littérature. Il fut peut-être moine, ce qui expliquerait son surnom (« petit moine ») mais passa la plus longue part de sa vie dans le monde car il nomme en ses envois de puissants protecteurs, tel Alphonse de Portugal, comte de Boulogne, ainsi que les richissimes bourgeois artésiens. Parmi ses partenaires, nous trouvons Guillaume le Vinier pour un jeu parti.

D'un très grand talent, Moniot traite toutes sortes de registres, chansons pieuses, d'amour, débats, avec la même aisance très brillante.

Quand je vois les prairies se couvrir de blanches fleurs,
Et que les oiseaux ne cessent de se réjouir,
Alors Amour me fait recommencer mes chants,
Lui que je n'ai nul désir de jamais quitter.
5 *Car personne sans amour ne peut éprouver la joie*
[véritable.

Qui aime bien ne doit pas s'inquiéter
Si Amour lui fait supporter une lourde peine
Car Amour donne une double récompense
Au cœur qui a, pour lui, le plus souffert d'épreuves.
10 *Car personne sans amour ne peut éprouver la joie*
[véritable.

Par un loyal amour nul ne peut perdre de valeur,
Bien plutôt on y gagne de hauts honneurs.
Et donc on doit se mettre tout entier en son pouvoir
Puisqu'on ne vaut rien si l'on n'en tente pas l'épreuve.
15 *Car personne sans amour ne peut éprouver la joie*
[véritable.

Tout homme doit s'appuyer sur Amour,
Les bons et les mauvais : les bons pour être sages et justes,
Les mauvais parce qu'Amour fait abandonner
Des opinions qui suscitent les reproches.
20 *Car personne sans amour ne peut éprouver la joie*
                                              [véritable.

Tout cette pièce se caractérise par un ton didactique qui est
la particularité des cercles artésiens : on y discute beaucoup
plus sur la nature d'Amour et les traits caractéristiques de
l'amant que sur le sentiment particulier ; cela amène un grand
nombre de vers sentencieux à sujet indéfini (« qui... », « on »,
etc.)

La chanson comprend quatre coblas unissonans de quatre
décasyllabes suivis du refrain amené par la dernière rime soit :

                    a   a   a   b   B

Né vers 1200 et mort vers 1260, Richard de Fournival fut chanoine puis chancelier de l'église d'Amiens ; ce fut aussi l'un des esprits les plus cultivés de son époque. Il a écrit des traités d'amour dont le célèbre Bestiaire d'Amour. *En toute son œuvre, il fait preuve d'un talent souple et varié qui ne manque pas d'une certaine ironie critique sur les thèmes obligés de l'amour. La subtilité de sa pensée rend sa poésie assez originale mais parfois difficile.*

Quand les oiseaux chantent si harmonieusement
    Dans le bois rempli de fleurs,
Alors je me souviens d'une consolation
Que j'ai sans cesse espérée ;
Mais l'*espérance* vient trop tard,
    Car de tout mon âge
    Je n'ai jamais joui d'amour
8   Sauf en pensée.

Amour m'a accordé tant d'honneur
    Et m'a tant donné,
Pour tout ce que j'avais mérité,
Qu'elle m'a rendu hardi,
Elle m'a rempli le cœur
    De bonne *espérance*
    Et m'a rendu sûr
16   D'obtenir la pitié.

Car, si j'ai mal agi envers elle
    Et que je l'en ai perdue,
Je l'ai payé fort cher,
Et depuis j'ai dissimulé sans cesse
Mon tourment, dans l'*espérance*
    Qu'elle ne m'avait accablé
    Que dans le dessein
24   D'éprouver son ami.

81

Et si je l'ai davantage évitée
    Que je n'y étais condamné,
Parce que je la craignais trop,
Jamais je ne serai trop tard récompensé :
Je crois bien n'avoir pas réalisé
    Mon *espérance*,
    Car j'accepte tout de bon gré
    Et l'en remercie.

Chanson, va-t-en, dis-lui donc
    Que lorsque j'entendis
Qu'elle me donnait mon congé,
Si je n'avais pas été réconforté
Par ma haute entreprise et mon *espérance*
    J'y aurais perdu
    Mon cœur gai et joyeux
    Alors que je l'ai conservé.

Le schéma rythmique, original, s'allie bien à la casuistique assez savante que développe la chanson jusqu'à la pointe finale ; nous ne pouvons guère voir en ce style brillant un épanchement romantique ! La chanson comprend cinq coblas de huit vers hétérométriques ; on aura remarqué le retour à la rime du mot « espérance » au cinquième vers des strophes impaires et au sixième des paires.

rimes : a a b b c b a b
mètres : 7 5 7 7 7 5 5 4

L'exorde est printanier mais marqué d'une certaine distance à cause de la négation de l'espérance (annoncée par le verbe espérer).

Une seule phrase, assez alambiquée, compose la troisième strophe et développe l'idée de la nécessaire mise à l'épreuve.

Toute la chanson est marquée par le ton ironique : l'amour donne seulement l'espérance, rien de plus, et le poète, d'une strophe à l'autre, s'en lamente ou s'en félicite... puisque cette espérance, bien fallacieuse, est précisément ce qui donne la joie...

Sans doute originaire des environs de Beauvais, Perrin fut l'ami et le correspondant du roi de Sicile et Naples, le frère de saint Louis, Charles d'Anjou, lui-même trouvère, et il fréquenta les cercles d'Arras. Il a vécu vers le milieu du XIIIe siècle. Perrin possède, outre ses capacités de versificateur, le talent de filer longuement des métaphores recherchées et originales.

Quand je vois l'herbe disparaître
Et le temps mauvais arriver
Qui fait taire les oiseaux
Et délaisser la gaîté,
Je n'ai pas pour autant ôté
Mon cœur de loyal désir ;
Mais pour maintenir mon usage,
De ce petit mot je fais un appel :
9 *Je suis gai parce que j'aime.*

J'aime loyalement et sans trahir,
Sans feindre, sans fausseté
Celle qui me fait languir
Sans avoir pitié de moi,
Tout en sachant bien en vérité
Que je suis à elle sans pouvoir m'en aller ;
Mais dans l'espoir de connaître la joie
Je lui ferai chanter ce petit mot :
18 *Dame, pitié, vous me tuez !*

Vous me tuez sans raison,
Dame sans humilité.
Il n'apparaît pas à votre maintien
Qu'il y ait en votre cœur de la cruauté,
Mais bien une grande générosité ;

C'est ce qui me met dans le doute ;
Visage ingénu et cœur perfide
M'ont mis en grand déconfort.
27 *Sa beauté m'a tué.*

Tué, elle m'a tué sans aucune raison,
Elle en qui j'ai placé
Mon sens et mon attention
A accomplir ses volontés.
Si elle daignait l'agréer,
Par n'importe quelle récompense,
Elle me mettrait hors d'inquiétude ;
Alors je lui dirais sans émoi :
36 *Bon amour que j'éprouve me rend gai.*

On appelle ce type de chanson une chanson « avec des refrains », en allemand « *Wandererrefrain* » : ce sont des refrains exogènes, déjà bien connus de tous les auditeurs et remployés par les poètes dans leurs chansons.

La chanson comprend quatre coblas unissonans de neuf vers hétérométriques :

rimes :	a	b	a	b	b	a	a	c	C
mètres :	7	7	7	7	7	7	7	8	8

L'exorde automnal est moins fréquent que les exordes printaniers.

Le premier mot de chaque strophe, à partir de la deuxième, reprend à chaque fois le mot rime du refrain ; ce type de liaison a été beaucoup pratiqué par les trouvères (il s'appelle *capfinidas*).

Dans la troisième strophe, l'opposition entre l'apparence et l'essence, très fréquente, fonctionne comme un piège galant dans l'argumentation : comment être aussi méchante quand on est aussi belle ? L'argument est cependant plus sérieux qu'il n'y paraît : après les Grecs, les hommes du Moyen Age croient que la bonté rend beau (ou l'inverse...)

Le poème se boucle sur la gaîté qui l'ouvrait. Les chansons ont toujours pour secret idéal la sphéricité parfaite de l'anneau.

CONON DE BÉTHUNE

Débat

*Conon de Béthune naquit sans doute vers le milieu du XIIe siè-
cle, vers 1160 ; il sortait d'une riche famille de Flandre. Son maître en « l'art de trouver » avait été Hue d'Oisy. Lors du mariage
du jeune roi Philippe Auguste avec Isabelle de Hainaut, il vint en
France dans la suite de la fiancée et interpréta devant la cour
réunie une de ses chansons. Mal lui en prit : la reine-mère Adèle
de Champagne et sa belle-sœur, la comtesse Marie de Champagne, raillèrent durement son accent et son vocabulaire picards,
en arbitres de la lyrique qu'elles étaient... et en bonnes Champe-
noises, hostiles à la cour au « parti flamand ». Conon rappelle
avec rancœur cet incident dans une de ses chansons.*

*Cela ne l'empêcha nullement de poursuivre son œuvre de trou-
vère jusqu'à la croisade de 1204 où il s'embarqua pour ne pas
revenir. Choisi avec Villehardouin afin de mener les pourparlers
avec Venise, il fut l'un des chefs les plus influents de cette entreprise qui oublia le chemin de Jérusalem, pour s'emparer de
Constantinople... Villehardouin insiste sur la vigueur, l'éner-
gique violence de l'éloquence de Conon ; ses chansons laissent
en effet transparaître son caractère bouillant et sa verve sarcas-
tique.*

Il y a peu de temps, en un autre pays,
Il y avait un chevalier qui avait aimé une dame.
Tant qu'elle fut de bonne valeur,
Elle lui refusa son amour et le repoussa,
Et puis un jour, elle lui dit : « Ami,
Je vous ai par paroles mené bien des fois ;
Maintenant, je reconnais et accorde mon amour :
8 Me voilà désormais tout à votre vouloir[1]. »

---

1. L'opposition entre la Dame jeune et coquette et la Dame vieillie, beaucoup
plus accommodante, est un des poncifs de l'époque ; on la retrouve encore chez
Villon.

Le chevalier regarda son visage,
Il le vit fort pâle et décoloré.
« Par Dieu, dame, je suis mort et désolé
De ne pas avoir su naguère cette pensée.
Votre visage qui semblait fleur de lis
Est si changé et du mal au pis
Que je crois bien que vous m'avez été volée.
16 Vous avez, dame, pris bien tard votre décision[1]. »

Quand la dame s'entendit ainsi moquer,
Elle fut fort en colère et dit par méchanceté :
« Seigneur chevalier, on doit bien rire de vous.
Vous avez cru vraiment que j'étais sincère en parlant[2] ?
Que non, certes, je ne l'ai même pas pensé !
Voulez-vous donc aimer une dame de valeur ?
Que non, certes, vous préféreriez plutôt
24 Les baisers et l'étreinte d'un beau jeune garçon[3].

— Dame, fait-il, j'ai entendu parler, c'est vrai,
De votre valeur, mais c'était bien autrefois ;
J'ai entendu aussi parler de Troie
Qui fut jadis une ville de grande puissance[4] :
Mais on n'en peut plus trouver que l'emplacement.
C'est pour cette raison que je vous conseille d'éviter
Que soient accusés d'hérésie[5]
32 Ceux qui ne voudront plus vous aimer.

— Seigneur chevalier, vous avez mal parlé
Quand vous avez mis mon âge en cause.
Même si j'avais usé toute ma jeunesse,
Néanmoins je suis belle et de si haut parage
Qu'on m'aimerait avec peu de beauté[6],

---

1. On notera l'ironie de cette litote. – 2. Les Dames savent particulièrement bien persifler, nous apprennent les chansons ; ici cela sonne faux. – 3. L'accusation d'homosexualité, très grave au Moyen Age, sert à discréditer, ainsi du héros Enéas par ses ennemis. – 4. Troie est le symbole de la ville si ruinée que sa « jeunesse » confine au fabuleux ! Le succès des romans sur Troie a déjà été souligné. – 5. L'homosexualité est une hérésie, allant contre le vouloir de Dieu qui est la reproduction (cf, « bougre », qui signifie aussi bien hérétique mani- chéen que homosexuel). – 6. La Dame affirme que la noblesse du sang vaut bien la beauté.

Car il n'y a pas un mois encore, je crois,
Que le Marquis [1] m'envoya son messager
40   Et le Barrois [1] a pleuré pour mon amour.

   — Dame, dit-il, cela vous a bien accablée
De vous fier en votre puissance ;
Mais bon nombre ont soupiré pour vous
Qui, fussiez-vous fille du roi de Carthage [2],
N'en auront plus jamais le désir.
On n'aime pas une dame pour sa parenté,
Mais parce qu'elle est belle et courtoise et sage [3].
48   Vous en saurez encore la vérité. »

   Cette chanson s'appelle une « tenson », soit un débat animé
— ici assez vif — entre deux partenaires. Elle est bâtie sur six
coblas doblas de huit vers décasyllabiques :

       a   b   a   b   a   a   b   a

   1. Le Marquis est Boniface de Montferrat, héros de la quatrième croisade,
exalté par la Chronique de Villehardouin ; le Barrois est Guillaume des Barres,
le plus célèbre des chevaliers du temps de Philippe Auguste pour ses prouesses
et sa bravoure, notamment contre Richard Cœur de Lion et à Bouvines. – **2.** Carthage est le symbole de la richesse exotique et légendaire. – **3.** Le débat se clôt
un peu comme un jeu parti où l'on aurait discuté de ce qui importait le plus :
beauté et jeunesse ou rang ; la Dame se voit dénier en outre la courtoisie et la
sagesse.

RAOUL DE SOISSONS

Raoul de Soissons naquit vers 1215 et mourut après 1272, il était le fils cadet du comte de Soissons Raoul III. Il fut l'ami et le correspondant poétique de Thibaut IV de Champagne. Cadet peu fortuné et grand aventurier, il partit chercher fortune outremer. Il participa à la croisade de 1239 sous les ordres de son ami Thibaut et épousa en Terre sainte Alix de Jérusalem-Lusignan, veuve du roi de Chypre, espérant ainsi devenir roi de Jérusalem ; mais comprenant un peu tard qu'il avait été joué par les barons d'outremer, il laissa sa vieille (et inutile) épouse et rentra en France. Cela ne l'empêcha nullement de repartir sous saint Louis en 1248 et encore en 1270 pour y mourir.

Il échangea avec Thibaut vieilli un jeu parti où ils se gaussent de leurs misères respectives dues à l'âge (obésité et goutte). En effet, Raoul nous glisse parfois, au fil des motifs formulaires du Grand Chant, quelques détails sur sa vie personnelle. Il sait utiliser de jolies images. Mais c'est surtout un remarquable technicien du vers.

Ah ! Comte d'Anjou[1], on m'accuse traîtreusement
De ne savoir chanter que pour un autre[2].
Ils disent vrai, je ne m'en disculpe pas,
Car je n'ai jamais été mon maître ;
Et s'ils veulent savoir à qui je suis,
Je leur dirai le plus courtoisement du monde :
Sachez-le, Amour m'a en son pouvoir
Au point que je n'ai sens, volonté ni raison
9 De savoir faire, sans lui, une chanson.

---

1. Le comte d'Anjou est Charles (1226-1285), dernier fils de Louis VIII et de Blanche de Castille, auquel Raoul s'adresse comme trouvère de valeur et mécène fastueux... – **2.** « Chanter pour autrui », c'est se faire jongleur ou ménestrel, en tout cas n'être pas sincère ; le poète retourne plaisamment l'accusation en arguant que l'Amour est son maître, pour qui il chante.

Sachez-le, sire, n'en doutez point[1],
Jamais chevalier n'aura grand renom
Sans Bon Amour, sans sa mainmise,
Car nul homme sans lui ne peut être preux ;
Amour met le plus haut baron sous ses pieds
Et il exalte la vie du pauvre ;
Prouesse, honneur, plaisir viennent de son aide,
Et il donne plus de joie à ses amis
18 Que nul n'en peut avoir sinon au paradis.

Amour m'a bien mis à l'épreuve en Syrie[2],
En Égypte où je fus conduit prisonnier ;
Je craignais sans cesse pour ma vie
Et chaque jour je croyais bien mourir.
Eh bien, mon cœur ne fut jamais pour autant séparé
Ni éloigné de ma douce ennemie ;
En France non plus, lors de ma grave maladie,
Alors que je croyais mourir de la goutte[3],
27 Mon cœur ne pouvait s'éloigner d'elle.

Rien d'extraordinaire si un fin amant
Oublie quelquefois son désir amoureux
Quand il se trouve outremer sans compagnon,
Deux ou trois ans ou plus sans revenir.
Je croyais bien quitter la prison de ma dame[4],
Mais cette croyance fut outrage et folie,
Car Amour m'a si fort pris et si fort me tient et me lie,
Que même en fuyant je ne peux l'oublier,
36 Il me faut, au contraire, me retourner vers sa pitié[5].

---

1. V. 10 et suivants : les bienfaits d'Amour énumérés par Raoul reprennent la liste que bien des trouvères ont variée avant lui ; l'abolition des distances sociales a été traitée par Gace Brulé et Thibaut de Champagne. – 2. Strophe 3 : cette allusion toute personnelle aux tribulations que Raoul connut en 1249-1250 en Syrie est très originale. La prison en Egypte fut partagée par un grand nombre de croisés après le désastre de Gaza. – 3. Devenu vieux, Raoul ne se déplaçait plus qu'avec des béquilles, comme nous le fait savoir une chanson, tant il était noué de goutte... – 4. La prison d'amour vient se superposer à la très réelle captivité chez les musulmans et l'amour de loin, ici vérifié, prend de ce fait un accent nouveau et profondément sincère. – 5. Les allusions à la Syrie et ce glorieux passé d'« ancien combattant » servent naturellement à convaincre et apitoyer la Dame (strophe 4). La Dame serait-elle plus cruelle que les Sarrasins ?

De l'angoisse que j'ai pour elle ressentie,
Personne ne pourrait sans mourir s'échapper,
Aussi par peur de la mort qui me défie
Je suis venu vers elle crier pitié ;
Et si par mes larmes je ne peux obtenir sa pitié,
Il me faudra mourir sans réconfort d'une autre amie,
Et si elle le veut, que son amour me tue !
Elle aurait le cœur bien dur, félon et sans douceur
45   Si elle me laissait mourir en une telle souffrance.

Ah ! Comte d'Anjou, par votre art de chanter [1],
Vous pourriez obtenir joie, prix et honneur.
Moi, ma joie est finie sans possible récompense
Et tous mes chants se tournent vers les larmes
Si bien que je ne chanterai plus jamais.
Je vous le demande donc et ma chanson vous en prie,
Chantez-la tant qu'elle soit enfin entendue
Devant celle qui surpasse en valeur
54   Toutes les dames de la chrétienté.

Aussi sûrement que je dis la vérité,
56   Puisse Dieu m'envoyer d'elle la joie et la santé.

La chanson est composée de six coblas redondas ce qui veut
dire que les rimes reparaissent d'une strophe à l'autre dans un
ordre préétabli mais à une place différente. Elle suit le schéma :

a b a b b a a c c

sur neuf vers décasyllabiques.

---

1. Raoul transmet le chant à Charles, puissant et valeureux poète, feignant
d'être à la limite de ce qu'il peut supporter. En réalité, il s'agit surtout d'un
échange entre deux poètes, amicalement rivaux.

JEHAN BRETEL et JEHAN DE GRIEVILER

Jeu parti

Jehan Bretel, actif vers le milieu du XIIIe siècle, est mort en 1272. Il sortait d'une riche famille de la bourgeoisie d'Arras et montra sa vie durant un goût très vif pour la poésie aristocratique. Il prit rapidement la tête de l'association littéraire qui regroupait les poètes de la région et organisait sans doute déjà des concours ; de ce « Puy », l'un des plus anciens, Bretel fut nommé « prince ». Il nous a laissé quelques chansons d'amour et un très grand nombre de jeux partis (89 !) écrits avec ses compatriotes, dont le fameux Adam de la Halle.

Jehan Bretel se targue d'être un poète des plus courtois et se réfère volontiers aux célèbres trouvères de la noblesse, comme le roi de Navarre Thibaut. Mais il mêle à de réelles qualités de versificateur des images plus vulgaires, voire triviales, qui laissent entendre qu'il ne croit plus vraiment à l'idéal de Fine Amour. Dans les jeux partis, il se régale des problèmes les plus épineux — voire scabreux — de la casuistique amoureuse.

Jehan de Grieviler, petit poète artésien, apparaît dans les chartes comme clerc d'Arras. Il vécut au troisième quart du XIIIe siècle. Il a écrit quelques chansons et d'assez nombreux jeux partis où il se révèle plus brillant que profond.

Conseillez-moi, Jehan de Grieviler,
J'en ai besoin, foi que je vous dois :
Amour m'a fait aimer longtemps
Une dame qui ne voulut jamais avoir pitié de moi.
    J'ai mal employé ma peine.
Voilà que j'en ai trouvé une autre qui me prie
    Pour avoir mon amour.
L'aimerai-je ou poursuivrai-je mon service [1]

---

    1. Le sujet proposé par Bretel reprend un motif traditionnel, celui de la durée du « service » d'amour. L'orthodoxie veut que ce service soit sans fin quelque avanie que la Dame fasse subir à son amant. C'est du moins ce que proclament les trouvères classiques et Jehan Bretel, fidèle à ses admirations, s'est réservé ici de défendre ce point de vue.

En pur espoir pour celle que j'ai tant priée
10 Afin de tenter si cela peut m'être utile ?

— Sire[1] Jehan, je dois vous réconforter
Et vous conseiller, puisque nous sommes deux amis.
Puisque vous ne pouvez trouver de pitié,
Je vous ose bien conseiller en bonne foi :
    Si vous trouvez une amie
Qui vous soit agréable, ne décidez pas
    De dédaigner
Un tel avantage ; vous devez bien le savoir, au contraire,
On doit laisser sa vaine et folle attente
20 Si on peut obtenir ailleurs son profit[2].

— Ami Jehan, vous ne sauriez donner
Nul bon conseil, je le vois et le comprends.
Comment puis-je ôter mon cœur
Du pouvoir de ma dame à qui je l'ai accordé ?
    Ce serait grande perfidie[3] !
Je dois au contraire tous les jours de ma vie,
    Matin et soir,
La servir et désirer recevoir
La grande joie qu'elle est maîtresse de donner ;
30 Pour aucune souffrance je ne dois la quitter.

— Sire Jehan, si vous voulez user[4]
Tout votre bon temps en folie, je vois bien
Que c'est mal fait et ça me rend chagrin.
Car quand un homme ne veut pas croire les conseils,
    Il lui arrive malheur à la fin.
Si vous avez pouvoir de posséder une grande seigneurie
    Et une quantité de biens
A bon marché, voilà ce qu'il faut désirer.

---

1. L'appellation « Sire » prouve que Grieviler s'adresse avec respect à Bretel, qui le domine socialement et l'appelle de son côté « Ami Jehan ». – **2.** L'opposition entre la sagesse et la folie fait partie de la thématique courtoise, mais ici Grieviler l'infléchit dans le sens du « bon sens » populaire. – **3.** « Perfidie » (tricherie) est le défaut par excellence du faux amant. – **4.** Le jeu parti sous-entend de façon fort bourgeoise que le temps est de l'argent, il ne s'« use » donc pas pour rien. La métaphore apparaît avec le mot « avoir » (« quantité de biens ») qui prend ici un sens très matériel (fortune) : v. 35-39.

Mais si vous persistez dans votre extravagance,
40 Vous aimez mieux folie que sagesse.

— Certes, Jehan, si l'on veut parler avec justesse,
Vous savez mal votre affaire pour ce qui est d'aimer.
Si ma dame veut me donner son amour
Du premier coup sans que je l'en prie,
    Elle cherche à me tromper, je crois,
L'amour vaut peu qui n'est pas mérité[1]
    C'est pourquoi je veux demeurer
Dans ma loyauté, je ne veux pas m'en séparer :
Jamais de mon fait je ne changerai de dame
50 Quand la mienne a tout pouvoir de me récompenser.

— Sire Jehan, votre dame peut bien aujourd'hui même
Vous donner la récompense, je le concède ;
Mais elle peut aussi vous faire muser[2] toute votre vie
Sans que jamais vous n'ayez le plaisir d'amour,
    Car elle ne s'engage en rien.
Ne restez pas dans une si sotte folie,
    Sachez recevoir
Les biens de l'amour car je vous le dis, c'est assuré,
Il vaut mieux la richesse que l'on tient en sa main
60 Qu'une bien plus grande qui dépend de la mort d'un
                                              [héritier[3].

— Sire Audefroi[4], soyez le juge de mon avis
    Qu'importe
Que les biens d'amour soient blancs ou noirs,

---

1. Une femme qui se donne trop vite est très mal jugée. Cela jette un nouveau jour sur celle que Bretel propose à Grieviler dans son alternative... qui est une étrange « Dame »... et sur les conseils de Grieviler d'en profiter ! – 2. « Muser » veut dire faire languir en pure perte, amuser par des mots. Le grand médiéviste J. Frappier pensait que les cercles courtois avaient connu bien des Célimène. – 3. Derrière ce vers d'apparence proverbiale à la sagesse généralisante, se glisse une attitude plus commune : la Fine Amour, ce trésor des anciens trouvères, cède la place à la « possession » de la Dame. – 4. Nous connaissons les « juges » que les partenaires ont élus pour les départager, comme cela se fait toujours dans les envois qui terminent les jeux partis : Audefroi Louchart était l'un des plus riches financiers d'Arras, mentionné comme banquier et échevin, mort en 1273.

Puisqu'à la fin si l'on sait persévérer,
65 On les goûtera[1], cela ne peut manquer.

— Dragon[2], je dis qu'il n'a pas la moitié de son sens
    Celui qui ne sait pas voir
Son avantage, mais il doit bien sentir
Sa sottise car dans l'infirmerie
70 Il y a meilleure nourriture qu'au réfectoire[3] !

Le jeu parti est une chanson dialoguée qui mime un débat entre deux poètes sur une alternative que normalement le premier poète propose en lançant le jeu. Son « adversaire » a donc le choix et oblige le premier à défendre l'opinion restante. On concevra qu'il s'agisse bien d'un jeu de sophistes plutôt que quelque chose de très sérieux.

Les deux poètes, sans doute, se mettaient tout d'abord d'accord sur le schéma métrique et la musique choisis puisqu'ils allaient les partager une strophe sur deux... Les troubadours pratiquaient déjà ces jeux qu'ils appelaient *partimen*, et ont traité des sujets fort intéressants (par exemple : la poésie doit-elle être claire et accessible à tous ou hermétique et réservée à une élite ?) Mais les trouvères traitent presque exclusivement de problèmes concernant l'amour. Ils ont, surtout dans les cours d'Arras, laissé libre cours à leur verve gauloise et à leur esprit de chicane. Les Dames n'y sont guère placées sur un piédestal !

Ce jeu parti est composé de six coblas doblas hétérométriques de dix vers sur le schéma :

a	a	b	b	c	c	d	d	c	c
10	10	10	10	7	10	5	10	10	10

---

1. Jehan Bretel affirme ici et ailleurs que plus délicieux sera le mets qui s'est fait longtemps désirer, excitant ainsi l'appétit. – 2. Dragon est un pseudonyme et, si l'on n'a pas découvert quel bourgeois d'Arras se dissimule derrière lui, nous le trouvons si souvent cité dans les poèmes artésiens qu'il s'agissait assurément d'un richissime personnage. – 3. Il s'agit naturellement de l'infirmerie et du réfectoire des monastères. La règle, souvent très dure (« réfectoire »), concédait des aménagements dans les jeûnes et privations pour les malades de l'infirmerie. La comparaison de l'amant au moine, malade ou non, est assez bouffonne.

Table

IMPRIMÉ EN FRANCE PAR BRODARD ET TAUPIN
Usine de La Flèche (Sarthe).
LIBRAIRIE GÉNÉRALE FRANÇAISE - 43, quai Grenelle - 75015 Paris.
ISBN : 2 - 253 - 13811 - 8   ✦ 31/3811/2